Michael Junge

Dokumentation
um
Jakob Lorber

AF192162

Düsseldorf 2004

Der Autor

Michael Junge, geb. 1960 in Berlin, Verlagskaufmann. Seit den achtziger Jahren mit der Neuoffenbarung Jakob Lorbers bekannt.

Rechtschreibehinweis

Die Rechtschreibung wurde aus den Originalzitaten übernommen.

© 2004 Michael Junge, Düsseldorf
Umschlagfoto: Jakob Lorber, etwa 1860
Umschlaggestaltung: Wolfgang Junge, Düsseldorf
Satz: Colonia Copcom, Köln
Herstellung und Verlag: Books on Demand GmbH, Norderstedt
Printed in Germany
ISBN: 3-8334-1562-2

Christoph Friedrich Landbeck
(1840 – 1921)
Begründer des Verlages in Bietigheim

Dr. jr. Walter Lutz
(1879 – 1965)
Interpret der Lorber-Botschaft

Otto Zluhan
(1890 – 1983)
Nachfolger von C. F. Landbeck

Friedrich Zluhan

Inhalt

I Vorwort

Der grazerische Neuoffenbarer Jakob Lorber wird auch noch zu Beginn des 21. Jahrhunderts von religiös Suchenden gerne gelesen. Lorber-Verlag und Lorber-Bewegung zählen einen beachtlich großen Freundeskreis zu ihren Förderern und Kunden. Dabei sind die Freunde von Lorbers Schriften oft gar nicht an einer kritischen Hinterfragung dieser Neuoffenbarung, ihres Schreibers und seiner späteren Propagandisten interessiert. Matthias Pöhlmann hat in seiner Arbeit über Lorber schon eine Reihe kritischer Stimmen zu Wort kommen lassen.

Mit der Vorlage dieser Zusammenstellung von Texten möchte ich die Dokumentation über die Lorber-Bewegung um einige noch weitgehend unbekannten Quellen erweitern.

Dabei ist mir bewusst, dass nur diejenigen bereit sind, sich ein eigenes Urteil zu bilden, die sich zuvor vom Zwang des Vorurteils lösen konnten.

Das auch von Neuoffenbarungsanhängern vielzitierte Pauluswort „Prüfet alles, das Gute behaltet" sei auch hier Richtschnur, um voranzuschreiten zur „Freiheit der Kinder Gottes", eines Gottes, den Jesus von Nazareth seinen Vater nannte.

Düsseldorf, im Juli 2004   Michael Junge

II Kurzbiografie von Jakob Lorber

Jakob Lorber wurde am 22. Juli 1800 in Kanischa bei Marburg (Steiermark), dem heutigen Maribor (Slowenien), geboren. Er war der Älteste von 3 Söhnen und einer Tochter. Seine Eltern waren Weinbauern. Lorbers Vater Michael war verehelicht mit Maria Tautscher. 1817 wurde ein Kaplan für ihn zu einer richtungsweisenden Idealgestalt. 1828 begegnete er Paganini in einem Konzert, seit dem er ihm nacheiferte. Sein musikbegabter Vater starb 74-jährig, als er 30 Jahre war. Er lebte als Musiklehrer in Graz. Seit dem 15. März 1840 schrieb er als chistlicher Mystiker ein Werk, aus insgesamt 25 Bänden. Eine Auflistung der Original-Hauptwerke nach Drucklegung befindet sich unter dem Kapitel Literatur. Er las u.a. Werke von Justinus Kerner, Heinrich Jung-Stilling, Emanuel Swedenborg, Jakob Böhme und Johann Baptist Kerning. Er empfing nicht nur die Stimme des Herrn im Herzen, sondern hörte auch Geister im Hinterkopf. Der Katholik vertraute sich keinem Priester an. Das Werk war nicht indiziert, wurde aber auch nicht von der römisch-katholischen Kirche als Privatoffenbarung anerkannt. Am 24. August 1864 starb Lorber ehelos in Graz.

III Dokumentation

Christoph Friedrich Landbeck †

Ein Denkstein von Karl Rohm

Viele haben den Mann, der am Himmelsfahrtsfest, am 5. Mai 1921, 81 Jahre alt zu Grabe getragen wurde, gekannt. Mit ihm ist ein schwäbisches Original, oder um ein deutsches Wort zu gebrauchen, auch wenn es einen auf falsche Beurteilungsfährde führenden Beigeschmack hat, ein Sonderling von uns geschieden. Der Sonderling hat aber fast nur Freunde gehabt. Insbesondere liefen ihm alle Kinder in B i e t i g h e i m entgegen und gaben ihm die Hand. Und die Kinder haben ein feines Gefühl für das, was man einen gütigen Menschen nennt. Und die Frauen, für die er im Vorbeigehen immer ein freundliches Wort und in allen häuslichen Nöten einen guten Rat oder ein Wort des Trostes hatte, denn er ist im langen Leben ein gar erfahrener Praktikus geworden, sind mit nicht geringerer Teilnahme seinem Sarge gefolgt, als die Spiesser, mit denen zusammen er gelegentlich sein Schöpple getrunken hat bei freundlichen witzigen und ernsten Worten und bei trefflich sitzendem aphoristischem Urteil. Den alten Herrn mit dem Patriarchen-Bart, mit dem milden Gesicht und den freundlichen klugen Augen haben gar Viele kennen gelernt. Ich bin mit ihm in dreissigjähriger Freundschaft verbunden gewesen und durfte mich oft seines Besuches erfreuen. Beim Trauergottesdienst in der Friedhofkirche war die Teilnahme der Bietigheimer Einwohnerschaft so gross, dass Viele stehen mussten. Der evangelische Geistliche, der die Rede hielt, hat in einer sehr passenden Art mit Geist und Wärme ein Lebensbild des Entschlafenen vorgetragen. Er schilderte ihn als einen Wahrheitssucher, einen Theosophen, der mit dem Leitspruch seines Lebens „Liebe Gott über alles und deinen Nächsten als dich selbst", Ernst gemacht hat; er schilderte ihn als einen Gottesfreund und als ein Gotteskind, dem bei aller Erkenntnis und bei allem Eindringen in die Geheimnisse des Ratschlusses Gottes mit der Menschheit die gesunde und demütige Erkenntnis des Apostels, dass all unser Wissen und Erkennen schliesslich doch nur Stückwerk ist, vollkommen klar war. – Als der Herausgeber und Verleger der früher „Neu-theosophischen" und in letzter Zeit „Neu-Salems-Schriften" genannten christlichen Offenbarungsschriften, hat Fritz Landbeck mit kluger Taktik alles vermieden, was im Kreise seiner Leserfreunde zu einer Sektenbildung hätte führen können. Er war ein Jünger Christi und als solcher hatte er geistige Gemeinschaft mit allen wahren Christen, ohne Unterschied ihres christlich-religiösen Bekenntnisses. Ein Einengen und Einschränken der Leserfreunde seiner Verlagsschriften*) in begrenzte Gemeinden hätte zugleich ein Ausschliessen Aussenstehender und ein Sich-Abschliessen und Sich-Absondern von der Kirche bedingt. Dies war aber nicht im Sinne Landbecks. Als evangelischer Christ ist er Zeit seines Lebens in Verbindung mit seiner Kirche geblieben; als solcher ist er gestorben und begraben worden.

Am Grabe sprach im Auftrag der Freunde des Hauses Herr Otto Feuerstein von Stuttgart, früher katholischer Geistlicher, [nicht zu verwechseln mit dem Sozialdemokraten Feuerstein], jetzt öffentlicher Vertreter und Redner im Sinne einer dem Verstorbenen nahekommenden christlich-spiritualistischen Glaubensauffassung. Er sprach von der Gewissheit des ewigen Lebens, der Auferstehung des Geistes und des bewussten individuellen Weiterlebens der Seele nach dem Tode des Körpers, er wandte sich in seinen Abschiedsworten am Grabe nicht an

---

*) Es waren hauptsächlich die durch den steiermärker Musiker Jakob Lorber und durch den griechischen Major Mayerhofer mediumistisch geschriebenen Offenbarungsschriften.

die der Erde übergebene Leiche, sondern an den im Geiste bewusst und lebend gegenwärtigen Freund und machte damit zur Wahrheit das Wort im evangelischen Konfirmationsbekenntnis: „Dass er haben möge eine gewisse Hoffnung des ewigen Lebens."

Es mag auch für diejenigen, die ihn nicht kannten, von Interesse sein, einiges über den Lebensgang des F r i t z L a n d b e c k zu erfahren. Seine Vorfahren waren Handwerkerleute und Bauern, teilweise schon im Stammbaum sich in religiöser Hinsicht zur Mystik hingezogen fühlend. Der Grossmutter Landbecks prophezeite eine Somnambule: „Aus ihrer Familie kommt einer der zwei Ölbäume der Offenbarung", was zwar der Grossvater nicht beachtete, die Grossmutter aber doch als eine Verheissung im Herzen trug, wohl bestärkt darin von der bekannten schwärmerischen Frau von Krüdener.

Der Vater war Maler und Gispermeister in Bietigheim. Fritz war der älteste Sohn; aber schon im dritten Lebensjahr starb ihm die Mutter, so dass zunächst eine Haushälterin und dann eine Stiefmutter den Knaben versorgten. Dieser selbst besuchte 3 Jahre die Volksschule, 3 Jahre die Lateinschule und die letzten 3 Jahre die Realschule, dann kam er in die Lehre zu dem damals wohl berühmtesten Dekorationsmaler in Stuttgart, Christian Kämmerer, und vervollkommnete seine beruflichen Kenntnisse als Dekorationsmaler durch ein dreijähriges Studium auf der Baugewerkschule. Die nun folgenden Jünglingsjahre wurden zu Wanderjahren, die den Kunstgewerbler an den Rhein nach Bonn und Köln führten. Der aufgeweckte junge Mann interessierte sich für alle Gebiete des Lebens und Strebens. Er war ein eifriger Turner und studierte nebenbei als Laie auch die Heilkunst in ihren verschiedenen der Volksmedizin zugänglichen Methoden wie Homöopathie, Naturheilkunde, Magnetismus, Vegetarismus (Diät) etc. Nebenbei beschäftigte ihn auch die transcendentale und mystische Seite des Lebens, und nach einem misslungenen Heiratsversuch wurde er ganz zum Wahrheitssucher. Eine kurze Zeit selbständiger beruflicher Arbeit im Elternhause reihte sich an die Wanderjahre an; dann triebs den unruhigen Kopf wieder hinaus in die weite Welt, „den Schlußstein zu seiner Weltanschauung suchend", zunächst in die Schweiz „auf die Waid", die bekannte Kuranstalt des Dr. Hahn. Hier lernte er den französischen Spiritismus nach Allan Kardec und Adelma Vay kennen; dann weiter nach Oberitalien und Triest, wo er auf diejenige Geistes-Quelle stiess, bei der er dann lebenslang blieb, auf die Offenbarungsschriften durch Mayerhofer und Lorber. Eine Reihe merkwürdiger, übersinnlicher Erlebnisse bekräftigten und erhärteten ihm die Wahrheit und Zuverlässigkeit seiner neuen religiösen Weltanschauung. Es sei hier nur eines dieser Vorkommnisse angeführt. Eine von einem seiner Kollegen durch Magnetisieren in den Trancezustand versetzte Frau wurde veranlasst, im Geiste eine Reise in das Elternhaus des Magnetiseurs in Istrien zu machen, um dort zu sehen, wie es den Eltern gehe. Die Antwort lautete: „Dein alter Papa ist schon zur Ruhe, und es scheint alles wohlauf zu sein; aber dein Papa ist in Lebensgefahr, die Kerze ist zu nahe am Bett, und ist Gefahr, dass sie das Bett anzündet, und ich kann nicht rufen, also rufe du mich zurück." Dies geschah und als die Frau wieder normal war, schrieb ihr Mann sogleich nach Hause, aber nicht das, was die Frau im somnambulen Zustand gesehen hatte, sondern nur die Bitte um Nachrichten, wie es zu Hause stehe. Die Antwort lautete: „Wir sind alle Gott sei Dank wohlauf, nur dein Papa hatte eine Todesangst auszustehen, indem er's Licht am Bette brennen liess und so einschlief, wobei Gefahr war, dass die Vorhänge Feuer fingen, was aber noch rechtzeitig verhindert wurde." In gleicher Weise glückte auch ein Experiment, diese selbe Somnambule zu einer Reise im Geiste nach Amerika auszusenden; auch hier stimmen die Berichte mit den nachträglich erhärteten Tatsachen überein.

Für unsern Freund waren diese und viele ähnliche Erkenntnise eine Bestätigung, dass hier in dieser Weltecke die geistige Welt in besonderer Weise in die physische hereinrage und dass es im Plane der besonderen göttlichen Vorsehung liege, eine Offenbarung göttlichen Geistes der Menschheit zukommen zu lassen als Schutz gegen die immer mehr hereinbrechende materialistische Weltanschung. Sieben Jahre blieb Landbeck in Triest, als Schildermaler sein Brot verdienend und nebenbei die Schriften Mayerhofers und Lorbers durch Abschreiben vervielfältigend. Justinus Kerner, der bekannte Weinsberger Arzt und Dichter und besondere Kenner des metaphysischen Gebietes (Seherin von Prevost), mit dem Landbeck auch in Verbindung stand, sandte den Doktor Zimpel in besonderer Mission nach Triest und Graz, um die dortigen Ereignisse an der Quelle kennen zu lernen, so grosse Bedeutung legte er ihnen bei. Auf Anregung Justinus Kerners hat dann Doktor Zimpel einen Teil dieser Offenbarungsschriften in Stuttgart zum Druck gebracht; sie verfielen aber der Zensur (kirchliche Behörden sahen unbegreiflicherweise eine Gefahr für die Rechtgläubigkeit in ihnen), wurden beschlagnahmt und vernichtet. Im geistig freieren Königreich Sachsen hat dann ein im Ruhestand lebender Zeughausbeamter, Johannes Busch, den Neudruck der in Stuttgart vernichteten Werke und Erstdrucke der noch im Manuskript vorliegenden begonnen. Nach Mayerhofers Tod trat Landbeck als Gehilfe Vater Werners ins Bruderhaus in Reutlingen ein und arbeitete auf dem Zeichenbureau. Nach dem Tode des eben erwähnten Johannes Busch wurde Fritz Landbeck von den Freunden aufgefordert, den Verlag zu übernehmen. Er wurde für den dazu geeignetsten Mann gehalten, obwohl er kein Geld weder zur Übernahme des Verlags noch zur Fortführung des Unternehmens hatte. Aber die wenigen Freunde legten Geld zusammen und richteten eine mit freiwilligen Gaben gespeiste Druckkasse ein, sodass es Landbeck möglich war, im Bietigheimer Elternhaus das Verlagsgeschäft zu führen und nach und nach die wichtigsten Schriften alle zum Druck zu bringen. Im eigentlichen Sinne buchhändlerisch vertrieben hat Landbeck seine Verlagsschriften nicht. Die Reiselust ist ihm geblieben sein Leben lang. Und wenn von irgend einer Ecke her ein Interessent sich zeigte, dann schrieb Landbeck dessen Adresse in sein Notizbuch und auf einer seiner Reisen besuchte er ihn und unterhielt sich mit ihm, durch seine reichen persönlichen Erfahrungen dienend.

„Geschäftsmann" war er so wenig als „Buchhändler". Wer Bücher von ihm kaufen wollte, der bekam sie gegen billiges Geld. Wer aber Interesse dafür hatte, dem brachte sie Landbeck ins Haus, ohne Rechnung, ohne Preis, auch ohne Bestellung, er schenkte sie. Er schenkte nicht nur Bücher, er schenkte auch alles, was er schenken k o n n t e, wenn er seinen Mitmenschen damit d i e n e n konnte. Woher er das Geld dazu hatte? Er bekams auch geschenkt. Wegen e i n e m Freunde der Schriften in Odessa und e i n e m in Grossliebendorf reiste er nach Bessarabien in Südrussland, wegen e i n e m Freunde nach Konstantinopel. Er erblickte hier Möglichkeiten, das „Neue Licht" zu verpflanzen und war gewiss, dass es schon von selbst weiterwachsen würde. Als karakterisierend für sein ganzes Wesen greife ich ein Beispiel heraus. Auf seiner Reise findet er bei einem Freunde dessen Kutscher, leibarm, schwindsüchtelnd, frierend. Einige Tage nachher, auf der Weiterreise, sieht er in der Auslage eines Kaufhauses einen Pelzmantel. Er bleibt vor dem Pelzmantel stehen, denkt an den frierenden Kutscher, kauft den Mantel und schickt ihn demjenigen, „der ihn notwenig braucht".

– Ich selbst erinnere mich, wie wir vor langen Jahren, als ich noch ein junger Mann war, in Stuttgart spazieren gingen. Ich war erkältet, hatte es aber unterlassen, einen Mantel anzulegen. Da zog Landbeck auf der Straße seinen Havelock aus, hängte mir denselben, um und sagte in bestimmendsten Tone: „So, den behältst jetzt, der wird dir gut tun." Ich habe später Jahre lang für Landbeck Bücher gedruckt. Wenn er kam, um nach der Arbeit zu sehen, hatte er immer etwas bei sich: für die Kinder, für die Arbeiter in der Druckerei, für die Fräulein auf dem Kontor, ja selbst für das Servierfräulein in der Harmonie, wo er sein Gläschen Wein trank; und zwar nicht kaltes Geld; nein: für die Kinder Bilder, für die andern eine Orange, ein Täfelchen Schokolade, Obst von seinem Garten, oder ein Buch oder sonst etwas, das er sich ausgedacht und das Freude machte; war ein Werk zu Ende gedruckt, dann bekamen die Setzer und Druckgehilfen von ihm ein Extratrinkgeld. In dieser

Weise kannte man ihn überall. Seine Art Gutes zu tun in der Stille und im Verborgenen hat auch der Geistliche beim Trauergottesdienst hervorgehoben. Es gibt im Leben sehr tugendsame und sehr exakte Menschen, die an ihre Mitmenschen einen gar strengen Maßstab legen und in deren Augen eine kleine menschliche Schwäche in der Sündenschale schwerer wiegt, als ein ganzes Leben prachtvoller Selbstaufopferung und Hingabe im Dienste an der Menschheit. Diese Selbstgerechten sind mit unserem Freunde nicht so ganz zufrieden gewesen. Nach ihrem Dafürhalten hat er zu viele Schöpplein Wein getrunken, ist zuviel gereist und hat zuviel verschenkt. – Nun, wir hoffen zuversichtlich, dass der gütige Gott und Vater, der über Gerechte und Ungerechte seine Sonne scheinen lässt, seinem Diener Fritz Landbeck eine fröhliche Auferstehung im Geistleibe aus dem Kerker eines alten ausgedienten Erdenleibes beschieden hat und dass auch s e i n Los aufs Lieblichste ausgefallen ist.

Was hat uns Fritz Landbeck im Leben geschaffen, was hat er hinterlassen? Der „Wahrheitssucher", wie er sich am Ende seiner Tage mit Vorliebe nannte, war in seiner Jugend ein L e r n e n d e r und ein S u c h e n d e r. Er ist nicht auf das nächste Beste hereingefallen, sondern er hat V i e l e s kennen gelernt. Das ist ihm im späteren Leben sehr zustatten gekommen. Denn wer ohne umfassende Kenntnisse in einer Einseitigkeit schwärmerisch festgefahren ist, hat nicht die Fähigkeit, vielen Menschen zu dienen und zu nützen; er hat namentlich nicht die Fähigkeit, die Menschen zu v e r s t e h e n. In seinen Lern- und Wanderjahren hat Landbeck sich ein umfassendes Wissen, ein gutes, kritisches Urteil angeeignet, das ihm zweifellos im späteren Leben recht gute Dienste geleistet hat, und ihn vor mancherlei Irrwegen und Täuschungen bewahrte. Seine geistige Entwicklung hatte einen gewissen Abschluss, eine gewisse Reife erreicht, als die Aufforderung an ihn erging, den Verlag zu übernehmen. Da war er zu vergleichen mit einem Handwerker, der die Lehrlings- und Gesellenjahre hinter sich hatte und der nun zwar als j u n g e r Meister aber eben doch als Meister vor eine L e b e n s a u f g a b e gestellt ist, nämlich in Selbständigkeit sein Haus zu bauen, ein nützliches Glied der Gesamtheit zu sein. Unser Freund war vor die Aufgabe gestellt, die zerstreut vorhandenen Baumaterialien einer neuen christlichen Weltanschauung zu sammeln und aus ihnen einen Tempel zu bauen, der als Stätte der Gottesverehrung und Gotteserkenntnis vielen Menschen dienen sollte. Nur war dieser Tempel nicht aus Stein erbaut, sondern aus Papier, und sein Gesetz war nicht wie bei Mose auf steinerne Tafeln eingegraben, sondern in beweglicherer Form mit Druckfarbe aufs Papier gedruckt und so wurde Gesetz und Lehre hier zu einem geistigen Tempel gestaltet, der in jedes Dachstüblein versetzt und auf jeden Spaziergang mitgenommen werden konnte. Also unser Freund sammelte die zerstreuten Handschriften, und sammelte das Geld zum Druck dieser Handschriften. Und gerade hier zeigte er, dass er ein M e i s t e r war; denn hier galt es, dem Ganzen Form und Schönheit zu geben, und Ordnung in das Ganze zu bringen und dabei dennoch nichts Wesentliches zu verbalhornen. Mit feinem Verständnis hat Landbeck gerade alles Originale in den Manuskripten erhalten, sodass durch seine Formgebung und Ordnung die Schriften des Verlags wohl an Uebersichtlichkeit und Klarheit gewannen, jedoch an Inhalt und Wesenhaftigkeit nichts einbüssten. Diese von ihm geleistete Arbeit wird wohl erst in späteren Zeiten voll zur Geltung kommen, wenn einmal die Kritik in sachlicher Weise und von berufenen Geistern vor die Aufgabe gestellt sein wird, diesen Tempel von parasitärer Ueberwucherung frei zu halten. Auch in der Beschränkung auf das bestimmte Gebiet zeigte sich der Meister. Nur selten hat er sich zu kleinen nicht in den Rahmen passenden verlegerischen Seitensprüngen verleiten lassen, denen dann in der Regel auch kein Erfolg beschieden war. Das war eigentlich sehr gut so und half mit zu einer zweckmässigen Konzentration auf ein einheitliches Gebiet, nämlich auf die ausschliessliche Pflege des inneren Wortes. In einer stattlichen Reihe von Bänden hat Landbeck hier ein einheitlich Ganzes geschaffen, das bei seinem Tode und schon vor seinem Tode einen Abschluss gefunden hatte, das in der Form fertig, vollendet war. Gewiss, er hat diesem Bau eine persönliche Note, eine Eigenart gegeben, die von seinem menschlichen Wesen herrührt; aber dies stört in keiner Weise. Jedes Bauwerk trägt das Merkmal seines Erstellers. Was Landbeck der Mitwelt gegeben, der Nachwelt hinterlassen hat, war eine Schriftensammlung in ihrem Wert und in ihrer Reichhaltigkeit einzigartig, eine Fundgrube geistiger Wahrheiten, aus der noch kommende Geschlechter schöpfen werden. Die Spur von seinen [Landbecks] Erdentagen wird nicht untergehen, wenn er auch nicht Verfasser, sondern nur Sammler und Verleger der Schriften war: denn er druckte jenige, der sie in ihrer Bedeutung erkannt hat, der sie bekannt gemacht und zur Geltung gebracht hat. Bei seinem Tode war das Verlagsgeschäft äusserlich gefestigt und innerlich durch einen Kreis treuer und verständiger Freunde gestützt, gehalten und mit Leben erfüllt. Er konnte gehen mit dem Bewusstsein, seine Aufgabe im Leben erfüllt zu haben. Und das ist, so denke ich, das Schönste, was einem Menschenleben beschieden sein kann.

Dokumentennachweis: Karl Rohm: Christoph Friedrich Landbeck – Ein Denkstein von Karl Rohm, Druck der Verlags- und Handelsdruckerei G.m.b.H., Lorch (Württ.), o.J.

Vater Landbecks Heimgang. Allen lieben Geschwistern, die uns ihre herzliche Teilnahme am Heimgange unseres lieben Geistesbruders C.F. Landbeck zu erkennen gaben, sagen wir an dieser Stelle unsern innigen Dank. Es ist uns leider unmöglich, die vielen lieben Briefe einzeln zu beantworten. Da die Verlagsgeschäfte alle unsere Zeit und Kraft voll in Anspruch nehmen, so bitten wir die Freunde, mit diesen Zeilen vorlieb zu nehmen.
Als am Montag, den 2. Mai, nachmittags gegen 3 Uhr Vater Landbeck

seinen baldigen Heimgang fühlte, verabschiedete er sich von jedem einzelnen von uns mit liebevollen Worten. Um 4 Uhr stellten sich kleine Atempausen ein. Der Sterbende faltete seine Hände zu stillem Gebet und sprach dann: „Nun ist's vollbracht!" Jedem von den am Bette Versammelten galt noch ein letzter liebevoller Blick, und sein letztes Wort, das er an uns mit brechender Stimme richtete, war: „Lebet gut miteinander!" Nun wurden die Atempausen größer, eine letztes „Ah, wie wohl!" verklärte seine Züge, und jenseitge Geistesfreunde führten den Scheidenden zum Orte seines Glaubens. Ein lichter Schimmer seligen Friedens breitete sich über des Hinübergehenden Antlitz. Als nach 5 Uhr mehrere Geistsgeschwister aus weiter Ferne, wie von unsichtbaren Händen herbeigeführt, eintrafen, um ihren Bruder Fritz zu besuchen, war er bereits heimgegangen.

Zur Beerdigung der sterblichen Hülle waren am Himmelsfahrstage viele Freunde aus Nah und Fern herbeigekommen, um ihrem verehrten Aeltesten die letzte Ehre zu erweisen. Stürmte und schneite es vormittags auch sehr, so lag doch nachmittags zur Beerdigung die Natur im Sonnenschein. Wie so oft im Leben des lieben Heimgegangenen lösten sich die drohend schweren Wolken, und die durchbrechenden lichten Strahlen der Sonne gaben Zeugnis von Vater Landbecks Wahlspruch „Jesus ist Sieger!"

Dem Wunsche des Verstorbenen gemäß sang die Trauerversammlung in der Kapelle unter Musik-Begleitung das Lied „Laßt mich gehen, laßt mich gehen, daß ich Jesum möge sehen!" Darauf gab der Geistliche in ergreifenden Worten einen kurzen Lebensabriß des Verstorbenen, indem er seinen Ausführungen aus Text 1. Korinth. 13,12 zugrunde legte. Am Grabe widmete dann im Namen aller Geschwister Bruder Otto Feuerstein-Stuttgart seinem verstorbenen Freund und Geistesbruder einen ehrenden Nachruf.

Nach Beendigung der Trauerfeier versammelten sich die Geistesgeschwister im Trauerhause und beschlossen im Anschluß an eine lebhafte Aussprache, jedes Jahr zu Himmelfahrt zum Gedächtnis Vater

Landbecks in Bietigheim zusammenzukommen. Bei dieser Gelegenheit werden die Freunde wichtige Fragen auf dem Gebiet des Inneren Wortes und der Verbreitung des Neuen Lichtes besprechen und auf diese Art als beratende Brüder dem Verlage helfend zur Seite stehen. In dem Bewußtsein, auf diese Weise in den kommenden Jahren dem heimgegangenen Bruder Landbeck ihre Liebe und Anhänglichkeit am besten zum Ausdruck zu bringen und sein Lebenswerk fördern zu helfen, verließen am Abend die meisten Geschwister Bietigheim wieder. So schmerzlich die Lücke auch ist, die der Tod unter uns gerissen hat, so wissen wir uns doch stets mit dem lieben Heimgegangenen verbunden in der frohen Erwartung eines freudigen Wiedersehens in der wahren ewigen Heimat.

Dokumentennachweis: Zeitschrift ‚Das Wort‘, Neu-Salems-Verlag, Bietigheim 1921, S. 15

––––––––––

WEGBEREITER DER NEUOFFENBARUNG

Otto Zluhan   (Schluß)

Im selben Jahr, in dem Jakob Lorber zum „Schreibknecht Gottes" berufen wurde, hat in Bietigheim am 9. Januar 1840 Christoph Friedrich L a n d b e c k das Licht der Welt erblickt. Seine Vorfahren waren Handwerker und Bauern gewesen mit einem Hang zur Mystik. Der Großmutter Landbecks hatte eine Somnambule prophezeit: „Aus ihrer Familie kommt einer der zwei Ölbäume der Offenbarung". Landbeck verlor früh die Mutter. Sein Vater schickte ihn in die Latein- und Realschule. Nach einer dreijährigen Ausbildung in der Kunstgewerbeschule als Dekorationsmaler zog es den jungen Maler auf Wanderschaft. Zuerst an den Rhein nach Bonn und Köln, wo er auch mit den verschiedenen Methoden der Volksmedizin wie Naturheilkunde,

Magnetismus und Vegetarismus in Berührung kam. Nebenbei beschäftigte ihn die mystische Seite des Lebens. In dem ständigen inneren Drängen, die „den Schlußstein zu seiner Weltanschauung zu finden", trieb es den jungen Schwaben schließlich nach dem Süden, zunächst in die Schweiz, wo er den französischen Spiritismus nach Allan Kardec und Adelma Vay kennenlernte, dann weiter nach Oberitalien und zuletzt nach Triest. Dort lernte er im Jahre 1870 Gottfried Mayerhofer kennen und wurde durch diesen mit den Schriften Jakob Lorbers bekanntgemacht. Und damit hatte der junge „Wahrheitssucher" die große Perle, den Schatz der Neuoffenbarung gefunden. Landbeck berichtet in seinen Lebenserinnerungen darüber: „Es war zu Lorbers Zeiten nur ein kleiner Kreis Eingeweihter, die sich um ihn geschart hatten, darunter auch der Militärarzt Dr. Waidele, der sich die ihm handschriftlich zugänglichen Schätze Lorbers abschrieb und sie so sammelte und dabei beharrte, als er von Graz nach Triest versetzt wurde. Durch dieses jahrelange Abschreiben vergeistigte er sich so, daß er manchmal auch direkte Engelsbotschaften erhielt. So auch in einer Nacht schon in Triest, wo Dr. Waidele bist spät in der Nacht abgeschrieben hatte, wurde ihm gesagt: „Du sollst morgen früh ehe Du Deinen beruflichen Diestgang antrittst Deinem schwerleidenen Kollegen Dr. Medeotti einen Liebesdienst erweisen. Ich werde dich leiten und führen, da er ohne dem unzugänglich wäre. Nimm dein Buch, die in Stuttgart von Dr. Zimpel zum Druck beförderte Jugendgeschichte Jesu, schlage sie ein und lege einen Zettel hinein, daß du das Buch in 8 Tagen wieder haben willst." Waidele brachte das Buch dem schwerleidenden Dr. Medeotti, der im Bett lag und staunte, wie ein Fremder zu ihm kommen könne, der nichts sprach, sondern nur das Buch vor ihm aufs Bett legte, mit stummen Komplimente kam und ging. Dr. Medeotti öffnete das Buch und las die Jugendgeschichte Jesu. Ergriffen von der Schlichtheit der Sprache und den geistigen Wahrheiten, vertiefte er sich immer mehr darin, und in tiefer Ergriffenheit traten ihm nicht selten Tränen in die Augen.

Verschiedene andere Freunde wurden durch Dr. Waidele mit den Lorberschriften bekanntgemacht und auch mit Major Gottfried Mayerhofer wurde er zusammengeführt. Sie besuchten beide das Deutsche Kaffeehaus in Triest, um deutsche Zeitungen zu lesen und mit einigen Deutschen zu verkehren. So war Mayerhofer auch eines Abends daselbst und traf mit Dr. Waidele zusammen. Während ihrer Unterhaltung sprachen sie auch von ihrer Zeitungslektüre, die sie nicht befriedige. Sie einigten sich, das nächstemal solle jeder ein Buch mitbringen. Gesagt, getan. Und auf diese Weise nun erhielt Mayerhofer ein Buch von Lorber, das ihm sehr wohl gefiel. Mayerhofer fing dann bald an, die Schriften Lorbers abzuschreiben, und so war ein solides Band zwischen Lorber und den vorerst noch kleinen Triestiner Gemeinde geknüpft.

Nachdem Dr. Medeotti die Jugendgeschichte gelesen, die ihm sein Kollege Dr. Waidele im Auftrag von oben gebracht hatte, da spürte er auch Verlangen nach anderen Schriften Lorbers und machte sich daran, alles, was er bekommen konnte, zu studieren. So kam er auch in den Besitz der „Sonnenkur" oder Heliopathie, die er tiefst und mit Liebe erfaßte, wohlwissend, daß was vom Herrn kam das höchste Vertrauen verdient. Der schwerkranke Mann machte sich daran, die Apparate, die dazu nötig sind, anfertigen zu lassen. Als sie hergestellt waren, unternahm er für sich die vom Herrn veroffenbarte Sonnenkur im festen Vertrauen. Und so gelang dann auch wunderbar die Kur also, daß der seit 17 Jahren so schwer an den Folgen von Leichenvergiftung Leidende wirklich geheilt wurde. Nun wurde das Haus des Dr. Medeotti die Sammelstätte der Freunde des Neuen Lichts in Triest.

Ähnlich wie bei Dr. Waidele machte sich bald auch bei Mayerhofer durch das viele Abschreiben und die Beschäftigung mit den Lorberschriften der geistige Einfluß bemerkbar, und im März 1870 gab sich der himmlische Vater zum erstenmal durch Mayerhofer kund, und zwar genau sieben Jahre lang. Während dieser Zeit war ich Zeuge der Niederschriften.

Mayerhofer in seiner Gewissenhaftigkeit bat den himmlischen Vater um eine Bestätigung seiner Schreibmission, was ihm auch verheißen wurde. Als er mit seiner Frau eines Abends einen Spaziergang dem Hafen von Triest entlang und dann nach St. Andrea machte, kamen sie bei dem Leuchtturm in eine etwas abgelegene Gegend. Da erhob sich auf einer der letzten Bänke die mystische Gestalt eines älteren Weibes, trat mit vorgeneigtem Oberkörper dem Mayerhofer entgegen mit ausgestrecktem Arm und rief: „Sie verkehren mit Gott. Sie sind ein Prophet!" und setzte sich darauf wieder ruhig nieder. Nach dem Abendbrot zog sich Mayerhofer zurück und bat den Herrn um ein Licht in dieser dunklen Sache, und der himmlische Vater sagte ihm nun: ‚Mein lieber Sohn, du wünschtest ja eine Bestätigung deiner Erwählung, was Ich dir auch verheißen und nun erfüllt habe ...'

Die kleine Triestiner Gemeinde, bestehend aus Dr. Waidele, Dr. Medeotti, Major Gottfried Mayerhofer, Frau Auguste Esche und Ritter von Mayersbach vergrößerte sich nun von Jahr zu Jahr. Auch die beiden Söhne von Ritter von Mayersbach, Carl und Konstantin, zählten zu dem Freundeskreis..."

Eines Tages erhielten die Triester Lorberfreunde den Besuch von Dr. Zimpel, der auf der Reise nach Jerusalem war und nach achttägigem Aufenthalt in Triest von Landbeck zum Orientdampfer begleitet wurde. Gerne hätte Zimpel den jungen Schwaben nach Palästina mitgenommen und machte ihm einen entsprechenden Antrag. Dieser lehnte jedoch den verlockenden Antrag ab und diente weiterhin Gottfried Mayerhofer und der Triestiner Gemeinde durch Abschreiben und Vervielfältigen der Kundgaben des Herrn. Landbeck hat in seiner Triestiner Zeit u.a. die Jugendgeschichte Jesu dreimal und das Predigtbuch siebenmal abgeschrieben. Er berichet über Mayerhofer u.a.: „Das Eigentümliche bei ihm war, daß er gewöhnlich früh die zu behandelnden Gegenstände herrlich klar erschaute. Er betonte öfter: in solch herrlicher Klarheit, wie er die Sachen in der Frühe sah, kamen sie nie mehr hernach, wenn er sie niederschrieb als Diktat des Herrn. Gar oft waren diese Diktate veranlaßt durch mündliche oder briefliche Anfragen. Einmal sagte er mir auch, er habe etwas geschaut zu Schillers Lied ‚Die Glocke‘; darüber hätte er schreiben sollen, aber es traten Hindernisse äußerer Art dazwischen, so daß die Ausführung unterblieben mußte. Einmal, erinnere ich mich, schrieb er auch direkt prophetisch in seinem letzten Wort, als ich gerade zu Besuch zu Hause weilte, das sich leider so schnell durch seinen Hingang erfüllte.“

Durch Gottfried Mayerhofer kam Landbeck auch in briefliche Verbindung mit Johannes Busch in Dresden, der bei der Herausgabe der Hauptwerke der Neuoffenbarung von Mayerhofer finanziell unterstützt wurde. Nach dem Tode von Mayerhofer und als auch Johannes Busch 1879 seine Mission beendet hatte und heimgegangen war, übernahm Landbeck nach einjähriger Arbeit bei Gustav Werner im Bruderhaus in Reutlingen die Restbestände des Verlags. Er berichet darüber:

„Gegen Ende meines Aufenthalts in Reutlingen erhielt ich von den deutschen Freunden zweimal den Antrag, die erledigte Verlagsverwaltung zu übernehmen, was ich aber ablehnte, da ich einen Wink von oben darüber erwartete. Derselbe blieb nicht aus. Wegen Differenzen mit dem Direktor, einem Schweizer, nahm ich meine Entlassung, und im Momente, da ich das Büro verließ, traf mich just vor der Türe der Briefträger mit einem Einschreibebrief. Dieser enthielt ein Ultimatum in Sachen der Verlagsübernahme, und so entschloß ich mich, den Verlag zu übernehmen. Nun verließ ich das Bruderhaus, um zunächst mit den Verwandten von Busch über die Übernahme von dessen Verlag und über deren Forderungen zu verhandeln, um dann den Restbestand von Dresden nach Stuttgart überführen zu lassen.

Der übernommene Rest des Verlags bestand aus rohen Bogen, die auf dem Speicher der Druckerei in Dresden lagerten und die nun in Stuttgart dem Buchbinder zur Ordnung und zum Teil zum einfachen Einbinden übergeben wurden. Indessen wurde der Verlagsrest geteilt und ein Teil nach Bietigheim überführt...“

Landbeck gab nun zunächst einzelne Bogen und kleinere Schriften heraus sowie die von Busch noch nicht veröffentlichten Werke Jakob Lorbers. Auch unternahm er viele Reisen, die der Ausbreitung der Neuoffenbarung dienten. Wegen einem Freunde der Schriften in Odessa und einem in Großliebendorf reiste er nach Bessarabien in Südrußland, wegen einem Freunde nach Konstantinopel. Er erblickte hier Möglichkeiten, das Neue Licht zu verpflanzen und war gewiß, daß es schon von selbst weiterwachsen würde. Es war ihm nichts zu viel. „Wenn von irgend einer Ecke her ein Interessent sich zeigte", erzählte später der Verlegerfreund Karl Rohm, „dann schrieb Landbeck dessen Adresse in sein Notizbuch und auf einer seiner Reisen besuchte er ihn und unterhielt sich mit ihm, durch seine reichen persönlichen Erfahrungen dienend. Im eigentlichen Sinne buchhändlerisch vertrieben hat Landbeck seine Verlagsschriften nicht. Geschäftsmann war er so wenig wie Buchhändler. Wer Bücher von ihm kaufen wollte, der bekam sie gegen billiges Geld. Wer aber Interesse dafür hatte, dem brachte sie Landbeck ins Haus, ohne Rechnung, ohne Preis, auch ohne Bestellung, er schenkte sie. Er schenkte nicht nur Bücher, er schenkte auch alles, was er schenken konnte, wenn er seinen Mitmenschen damit dienen konnte. Woher er das Geld dazu hatte? Er bekam's auch geschenkt."

Im Jahre 1885 war der Neudruck des Hauptwerkes „Johannes, das große Evangelium" in zweiter Auflage nötig. Der alte Busch hatte einst das Werk in 7 Bänden herausgegeben. „Nun sollte es", schreibt Landbeck in seinen Lebenserinnerungen, „nach Anweisung von oben in bequemer Art erscheinen, nämlich in 10 Bänden und hauptsächlich in Abschnitten (Kapitel) geteilt, jeder Abschnitt etwas Ganzes enthaltend. Später bei der dritten Auflage wurden die Kapitel noch mit Versen, als Unterabteilungen, und mit Ziffern versehen wie in der Bibel, um bequemer zitiert werden zu können."

Nur bei einiger Sachkenntnis ist zu ermessen, welche ungeheure Arbeit da geleistet worden war. Karl Rohm als selbst Verleger weiß dies in einer Schrift, die er später dem Freund und Verlegerkollegen widmete, zu würdigen. Er schreibt: „Mit feinem Verständnis hat Christoph Friedrich Landbeck alles Originale in den Manuskripten erhalten, so daß durch seine Formgebung und Ordnung die Schriften des Verlageswohl an Übersichtlichkeit und Klarheit gewannen, jedoch an Inhalt und Wesenhaftigkeit nicht einbüßten. Diese von ihm geleistete Arbeit wird wohl erst in späteren Zeiten voll zur Geltung kommen."

Diese bedeutende Arbeit am großen Werk erforderte aber auch ziemliche Mittel. Doch „auch hier wußte die Ewige Liebe ganz wohl und lieblich zu helfen", kann der Verleger Christoph Friedrich Landbeck am Ende seines Lebens in seinen Lebenserinnerungen vermerken. „Er, der Herzen und Nieren prüft und den Sinn des Herzens kennt", berief zu dem Behufe eine Konferenz von Brüdern, die Kopf und Herz am rechten Fleck und die nötigen Mittel in Händen hatten, um mitzuhelfen am Heils- und Segenswerk für die arme geplagte und vielfach im Finstern gehaltene Menschheit. Es waren sieben Personen, und im engeren Sinne drei zahlende, die bis an ihr irdisches Ende sich als treue Stützen bewährten: Eduard Laiblin, Ernst Löwe, F. Hauffe und in Basel der Patrizier His, sodann Fr. Schmidt und Johanne Ladner, die Schreiberin der „Vaterbriefe". So konnte mit Hilfe der Freunde das Große Evangelium in 10 Bänden und übersichtlich in Kapitel geordnet erscheinen.

Christoph Friedrich Landbeck hat sich in seiner verlegerischen Tätigkeit – und das ist mit sein großes Verdienst – auf die Neuoffenbarung beschränkt und eine Schriftensammlung geschaffen, die in ihrer Reichhaltigkeit einzigartig und eine Fundgrube geistiger Wahrheiten ist. In seinen Altersjahren wurde ihm seine Pflegetochter Emma Schmitt eine gute Stütze, die von von 1895 an seinen Haushalt führte, sowie Otto Zluhan, den er 1908 als Verlagsgehilfen berief. In der Zeit von 1908–1912 ist die 3. Auflage des Johanneswerkes in der Druckerei von Karl Rohm in Lorch gedruckt worden mit finanzieller Unterstützung von Herrn Oberkriegsgerichtsrat Paul Selle. Dieser Freund der Neuoffenbarung, der auch die Wegweiserhefte zusammenstellte und deren Druck finanzierte, war einer der treuesten Freunde des Verlags. Mit ihm, dem erfahrenen Juristen, hat Landbeck auch sein Testament sowie den zur Fortführung des Verlags notwendigen Gesellschaftsvertrag in seinem achtzigsten Lebensjahr festgelegt und unterzeichnet.

Nach Beendigung des ersten Weltkrieges gab Vater Landbeck, wie der gütige Greis mit dem patriarchalischen Aussehen gerne genannt wurde, seine Einwilligung zur Herausgabe einer Monatszeitschrift, die von Otto Zluhan gegründet und finanziert wurde. Die erste Nummer dieser Schrift mit dem Titel „Das Wort" erschien 1921 unter der Schriftleitung von Walter Patenge. Im gleichen Jahre erfolgte auch der Heimgang des hochbetagten Verlegers Christoph Friedrich Landbeck, der am Himmelfahrtstag zu Grabe getragen wurde, begleitet von vielen seiner Freunde. Den Nachruf hielt als Freund des Hauses Otto Feuerstein aus Stuttgart.

Der Verleger Karl Rohm in Lorch hat seinem toten Freund und Kollegen in einer kleinen Schrift einen würdigen Denkstein gesetzt. Er hebt als besonderes Verdienst dieses wirklich außergewöhnlichen Menschen hervor, der sich noch am Ende seines Lebens „Wahrheitssucher" nannte, wohl wissend, daß bei allem Eindringen in die Geheimnisse Gottes unser menschliches Erkennen und Wissen gemessen an der ewigen Wahrheit doch immer nur Stückwerk ist, – daß er alles sorgsam vermieden hat, was im Kreise seiner Leserfreunde zur Bildung einer Sekte hätte führen können. „Es war ein Jünger Christi und als solcher hatte er geistige Gemeinschaft mit allen wahren Christen ohne Unterschied ihres christlich-religiösen Bekenntnisses. Ein Einengen und Einschränken der Leserfreunde seiner Verlagsschriften in begrenzte Gemeinden hätte zugleich ein Ausschließen Außenstehender und ein Sichabschließen und Sichabsondern von der Kirche bedingt. Dies war aber nicht im Sinne Landbecks. Als evangelischer Christ ist er Zeit seines Lebens in Verbindung mit seiner Kirche geblieben."

Der heimgegangene Verleger der Neuoffenbarungsschriften war ein Mensch, der mit dem Leitspruch seines Lebens, „Liebe Gott über alles und deinen Nächsten wie dich selbst", Ernst gemacht hat.

Dokumentennachweis: Zeitschrift ‚Das Wort', Lorber-Verlag, Bietigheim 1958, Heft 8, S. 230-235

Dr. Walter Lutz
Jenseitsoffenbarungen – Der Interpret der Lorber-Botschaft

Aus reichem, schwäbischem Hause stammend, studierte mein lieber Freund Walter an den Hochschulen von Tübingen, München und Berlin Rechtswissenschaft, Naturwissenschaft und Geschichte; der wohlhabende Fabrikbesitzersohn konnte sich eine umfassende Bildung aneignen. Die Studienjahre fielen in die Jahrhundertwende, als der wissenschaftliche Materialismus, der Unglaube des Maschinenzeitalters, sein Haupt erhob und Männer wie Haeckel, Büchner und Molleschott mit ihren Stofflehren popularisiert wurden. Der junge Gelehrte, aufgeschlossen für wissenschaftliche Forschung und Erkenntnis, konnte sich diesen Lehren nicht ganz anschließen, zumal er auch noch aus einer Familie stammte, welche aus weltanschaulichen Gründen dem landläufigen Christentum und der Kirche entfremdet war. Zunächst widmete sich Walter Lutz in Stuttgart für Jahre der Anwaltspraxis und entfaltete nebenbei eine beachtliche und erfolgreiche Tätigkeit als Dramatiker.

Der flache Unglaube des stofflichen Zeitalters konnte jedoch den reiferen Menschen auf die Dauer nicht befriedigen. Geistige Erlebnisse stellten sich in seinem Leben ein und das gründliche Studium des Okkultismus bewies ihm die Existenz des menschlichen Geistes, einer menschlichen Seele in der stofflichen Umhüllung des verweslichen

Leibes. Walter Lutz erkannte in der ausgedehnten wissenschaftlichen Arbeit des ernsten Okkultismus, nunmehr Parapsychologie genannt, ein mächtiges geistiges Hebewerk, um die Suchenden der durch den Materialismus des technischen Zeitalters ungläubig gewordenen Menschheit durch unmittelbares geistiges Erleben und Erfahren auf eine höhere geistige Erkenntnisebene hinanzuführen. Mein Freund erlebte an sich selbst und an vielen Mitmenschen: das Fortleben nach dem Tode, das Jenseits und das Walten unsichtbarer geistiger Mächte muß der ungläubige, dickfellige Mensch von heute an sich selber erleben. Dann erst kann in ihm, dem materialistisch Vernagelten, wieder Licht werden. So kam es, daß mein Freund Walter selbst zum Mittler zwischen beiden Welten, also zum Medium wurde und er als solches ein wunderbares Werk, betitelt: „Siegende Liebe" diktiert erhielt. Diesem Lebensroman setzt er selbst die Worte voraus: „Diese Erzählung habe ich ohne jede Vorarbeit nach der Stimme des Geistes niedergeschrieben. Ich habe nichts gesucht, selber geplant und ausgedacht, sondern alles wurde mir in einem unwiderstehlichen, lebendigen Flusse innerer Worte in kürzester Zeitfrist gegeben. In meinem Herzen danke ich dieses Geschenk dem Geber aller guter Gaben." Dies die bescheidenen Worte zu dem herrlichen Lehrwerk! Als sein vertrauter Dutzfreund weiß ich, daß in ganz seltenen Fällen spontan die gute Geisterwelt sich seiner als Mittler bediente.

Durch seltsame Führung und Fügung kam vor nunmehr beinahe fünfzig Jahren unser Forscher zu dem damals fast verschollenen Schrifttum des großen Mystikers und Künders Jakob Lorber (1800–1864 in Graz lebend) und er fand hier das heißersehnte „Licht der Welt", das ihn, den unermüdlich Suchenden, überzeugen und tief befriedigen konnte – jene einheitliche Welterklärung, die ihm heute mehr als je berufen und bestimmt erscheint, die trostlose materialistische Weltanschauung, die uns in die Katastrophen der beiden Weltkriege gestürzt hat, zu überwinden.

Über die Lorbersche Botschaft möchte ich aber einige Hinweise eines anderen lieben Dutzfreundes zitieren, nämlich des Naturforschers und wohl mit einer der besten Kenner der Parapsychologie der östlichen und westlichen Mystik und Magie, Joachim Winckelmann, welche nämlich meine persönliche Auffassung darstellen und die Bedeutung der Lutzschen Arbeiten über Lorber unterstreichen:

„Man muß sich fragen, ob alles Heil wirklich nur aus dem Osten kommt – denn daß in gewissem Sinn ein ‚Heil‘ von dort kommt, soll gar nicht in Frage gestellt werden. Aber schließlich sind wir doch kein Volk, das bis heute in einem primitiven Urzustand lebte. Wir kennen seit über tausend Jahren die Lehren Christi. Wir haben uns in der gleichen Zeit mit den anderen weißen Völkern im Gleichschritt entwickelt. Wir haben es wie sie zu einem großartigen Ansatz wahrer Kultur gebracht. Leider hat dieser – hoffentlich nicht für immer – in Rationalismus und Naturalismus in den letzten hundert Jahren einen gewaltigen Rückschlag erfahren. Aber über alles hinaus, alle Kriege und Vernichtung und alle Verfolgungen des Geistes haben wir doch in den Lehren der großen Philosophen, Rosenkreuzer, der deutschen Mystiker, ein Kulturgut bis in die heutige Zeit hinübergerettet, das doch irgendwie eine Fortsetzung finden muß, einen Ausbau, eine Zusammenfassung zu einer umspannenden Lehre, die irgendwo niedergelegt ist, ähnlich wie östliche Weisheit in den großen Werken von H.P. Blavatzky, der Gründerin der Theosophie. In der Tat gibt es eine solche Lehre. Ihr Verkünder war Jakob Lorber, der sie in den Jahren 1840 bis zu seinem Tode 1864 niederschrieb. Sie ist viel zu wenig bekannt, obwohl sie an weltumspannender Weite ihrer Doktrinen, die von einer kosmogonischen Urschau alles Werden und Seins bis in die kleinsten Regungen unseres Herzens reichen, alles übertrifft, was jemals in den Sprachen weißer Völker geschrieben ist – auch die Geheimlehre der H.P. Blavatzky. Aber während diese aus ausländischen Quellen schöpfte und ihren Blick dauernd nach dem Osten gerichtet hatte, ist Jakob Lorber ein Begnadeter gewesen, der die Lehre, die heute seinen Namen trägt, direkt von der allerhöchsten Offenbarung empfangen hat. – Das

Gesamtwerk, das er in der Mitte des vorigen Jahrhunderts niederschrieb, ist so riesengroß, daß wohl kaum jemand in unserer Zeit Muße genug finden wird, um es durchzuarbeiten. Auch wird der Einzelne sich gern diesem oder jenem Gebiete zuwenden, das ihn besonders interessiert. Birgt es doch in seiner Gesamtheit eine Fülle von Lehren, die in ihm zerstreut sind und zusammengefaßt ganze Gebiete vieler Wissenschaften, wie Astronomie, Biologie, erstaunlicherweise auch der Atomphysik ebenso erschöpfend und von ganz neuartigen Gesichtspunkten aus behandeln, ebenso wie die Soziologie, die christliche Glaubenslehre und vieles andere. Es nimmt Stellung zu vielen Fragen, die uns heute besonders am Herzen liegen, wie die Lehren des Spiritismus, der Reinkarnation und berührt im wahrsten Sinne des Wortes ‚alle Grundfragen des Lebens‘. – Das Erstaunliche aber ist, daß dieses ganz große Werk, dessen Entstehen rund hundert Jahre zurückliegt, uns heutigen Menschen viel leichter zugänglich ist, als es etwa vor 50 Jahren der Fall war. Damals war die geistige Welt noch völlig überschattet von einem Naturalismus und Rationalismus, der alles, was sich ihm entgegenstellte, mit dem ihr zur Verfügung stehenden Mitteln, besonders der populären ‚Aufklärungspresse‘, niederredete und – schrieb; um, wenn dies nichts half, auch zu stärkeren Mitteln griff, so daß Opposition gegen die allein seligmachenden Lehren Darwins, Haeckels und anderer Verkünder Amt und Würde und damit Verdienst und Brot kosten konnte. – Es muß aber zugegeben werden, daß vieles, was wir bei Lorber lesen, damals so unfaßbar klang, weil man nichts wusste vom inneren Aufbau der Atome, vom Aufbau der Gestirne, von der Existenz dunkler Sonnen und Planeten und von der Möglichkeit, daß auch auf ihnen intelligente Wesen leben könnten, wenn auch unter ganz anderen Bedingungen als auf unserer Erde. Auch über die Entwicklung der Erde haben wir heute andere Anschauungen, und so kommt es, daß uns vieles, was wir bei Lorber lesen, heute nicht mehr so unannehmbar scheint als vor 50 Jahren. Er hat in vielem, was er damals sagte, rechtbehalten. Und vielleicht wird eine nahe Zukunft erweisen, daß er auch in dem rechtbehält, was wir noch heute glauben ablehnen zu müssen.

Der größte Wert seines Lebenswerkes aber liegt darin, daß er uns Wege weist, die uns wieder zu einem Glauben zurückführen können, der auch für uns Menschen im Anbruch des Wassermann-Zeitalters glaubbar ist und nicht überwuchert von einer Unzahl von Dogmen und Vorschriften, deren Inhalt der eiskalten Logik unserer Zeit nicht mehr standhält." Soweit mein Freund Winckelmann (Entnommen seinem Aufsatze „Gott spricht auch heute noch" in der „Okkulten Stimme").

In den „Grundfragen des Lebens" hat mein Freund Walter ein Standardwerk der Lorber-Literatur geschaffen, denn es enthält eine umfassende Übersicht der Gottesbotschaft Jakob Lorbers.

Die moderne Jenseitsforschung findet in den Offenbarungen des demütigen Schreibknechtes Jakob Lorber eine wunderbare religiöse und hellseherische Bestätigung ihrer wissenschaftlichen Feststellungen, so z.B. über die Existenz eines feinstofflichen, unverweslichen Leibes innerhalb des verweslichen Körpers, über die Vorgänge beim Sterben usf.

Jakob Lorber war Hellhörer, Hellseher und sogar ein Materialisationsmedium, wie Spontanerscheinungen bekunden.

Diese Skizze möge auf die so segensreichen Arbeiten, besonders in Bezug auf die Jenseitsforschung meines lieben, edlen Freundes Walter verweisen, und zu deren Studium anregen.

In den überkonfessionellen christlich-spiritualistischen Zeitschriften „Das geistige Reich", Ambrosia-Verlag, Mattsee bei Salzburg und „Das Wort", Monatszeitschrift für die christliche Erneuerung, Bietigheim (Wttbg.), finden wir stets Arbeiten aus der Feder des begnadeten Forschers.

Dokumentennachweis: Wilhelm Otto Roesermueller: Begegnungen mit Jenseitsforschern und Gespräche mit Geistern. Selbstverlag Wilhelm Otto Roesermueller, Nürnberg 1958, S. 26-28

Das Gnadenlicht Neusalems
Vortrag von Walter Lutz
auf der Jahrestagung der Neusalemsfreunde, Pfingsten 1926

I. Liebe Geschwister! Wir haben gemeinsam das Lied gesungen: „Was hat uns denn verbunden?" – Ueber diese Frage: Was hat uns hier aus so vielen Teilen Deutschlands, der Tschechoslowakei, Oesterreichs, der Schweiz und anderer Länder so überaus zahlreich zusammengeführt; was ist es, das uns hier alle verbindet? – eben hierüber möchte ich heute einiges zu euch sprechen.

Im w e i t e s t e n Sinne genommen sind wir mit allen Menschen der Welt verbunden als Kinder eines und desselben Vaters! In diesem großen, allumfassenden Kreise gehören wir N e u s a l e m s f r e u n d e zu denen, welche in J e s u s C h r i s t u s die verkörperte Gottheit erkennen, verehren und lieben. Wir sind also in erste Linie C h r i s t e n! – Diesen Glauben an Jesus Christus und an Seine göttliche Lehre schöpfen wir vor allem aus der Heiligen Schrift der Christen, der B i b e l. Dieses unvergleichliche Buch aller Bücher, das die lichtvollste und beglückendste Gottes- und Lebenslehre den Menschen dieser Erde bietet, ist auch für uns ein unanfechtbar heiliges F u n d a m e n t unseres Glaubens, unserer Lehren und unseres Lebens. Es wird uns Neusalemsfreunden von unkundigen Gegnern dies bisweilen bezweifelt, und ich ergreife mit Freuden die Gelegenheit, hier vor aller Oeffentlichkeit zu erklären, daß die B i b e l uns s o h e i l i g und t e u e r ist, als sie nur irgendeinem Christen sein kann. Ist sie doch ein herrlichstes Offenbarungswort unseres himmlischen Vaters, eine größte Lichtgabe an die Menschheit, wie solche bis dahin nirgends, zu keiner Zeit und bei keinem Volke der Welt in ebenbürtigem Maße gegeben worden ist, – was ihre ungeheure, segensvolle Wirksamkeit auf der ganzen Erde bezeugt!

Wir Neusalemsfreunde stehen daher zur Bibel genau so, wie Jesus Christus in Seiner Zeit zum Alten Tesatament stand. Wir wollen die

Bibel nicht verkleinern, verächtlich machen oder gar aufheben, sondern in denkbar höchstem Grade, soweit es irgend dem schwachen Menschen möglich ist, e r f ü l l e n!

Dokumentennachweis: ‚Das Wort‘, Zeitschrift der Freunde des Neu-Salems-Lichtes, Neu-Salems-Verlag, Bietigheim 1926, 8. Heft, S. 166

Die Gründung des Brüderrats.

Das „Sendschreiben" der Gruppe Patenge eröffnete vielen Geschwistern die Augen über die Gefahr, in der das Neusalemswerk stand. Nicht der persönliche Bruderzwist, sondern die Sorge um die Reinerhaltung des Neusalems-Lichtes stand ihnen als heilige Pflicht vor Augen. Vertreter von 6 Brüderkreisen berieten in Zwickau-Oberhondorf über die Bietigheimer Angelegenheit. Bruder Baumann übermittelte im Auftrage der Versammelten folgende Wünsche nach Bietigheim: „1. Rücktritt des Bruder L u t z von der ‚Wort‘-Schriftleitung. 2. Zurückziehung seiner Einführungsschriften aus dem N.S.-Verlag. 3. Aufhebung der Bezahlung der Wanderredner." Bruder Lutz wandte sich in seiner Erwiderung gegen ‚Konziliumsbeschlüsse‘ und ‚Mußgesetze‘. Zur Klarstellung der ganzen Bietigheimer Vorgänge wurde die große Geschwisterversammlung zum 12.12.1926 in Oberhohndorf einberufen, wozu die beiden Gruppen Lutz und Patenge herzlichst eingeladen wurden und an der zahlreiche Vertreter von Geschwisterkreisen teilnahmen. Der Kernpunkt der Verhandlungen war die Frage: „Ist der auswirkende Geist von Bruder Lutz der Geist unseres Herrn Jesu Christi?" Die Frage wurde einstimmig (bei einer Stimmenthaltung) verneint. Es wurde dann ein Brüderrat von 13 Mitgliedern gewählt (ein Mitglied trat später freiwllig zurück, da ihm das Vorgehen des Brüderrates nicht streng genug war), dessen Aufgabe es war, im Sinn der Beschlüsse der Versammlung weiterhin zu wirken.

Während sich die Gruppe Patenge dem Brüderrat unterstellte, lehnte Bruder Lutz in seinem Schreiben vom 16.1.1927 den ‚Oberhondorfer Ausschuß' als ‚einseitig' ab. In diesem Briefe finden sich folgende bedeutungsvolle Sätze: **„Dagegen müssen wir es ablehnen, weder mit dem Oberhohndorfer Brüderrat, noch mit irgend sonst jemand in Verhandlungen einzutreten, welche bezwecken, zwischen der Gruppe Patenge und uns wieder eine Zusammenarbeit herbeizuführen"** und dann weiter: **„eine Scheidung und Trennung von ihnen eine unabweisbare Notwendigkeit ist."** Wie verträgt sich dieser Geist mit dem versöhnenden Liebegeist Jesu, der die Feindesliebe predigte? Die Gruppe Lutz beruft sich dann weiterhin darauf, daß hinter ihr „außer vielen anderen Kreisen die zahlreichen von G. Schön und W. Knoefeldt bedienten Kreise stünden. Die Entscheidung liege jetzt bei der Gesamtheit der Neusalems-Freunde."

Die Periode des Kampfes im heiligen Liebesernst.

Infolge der Unnachgiebigkeit der Gruppe Lutz beschloß der Brüderrat in seiner Sitzung vom 23. Januar zwei aus dem heiligen Liebesernste geborene Maßnahmen: 1. die Ausgabe eines Sendschreibens an die Geschwisterkreise und 2. die Beschreitung des gesetzlichen Weges, welcher, wie später folgt, als nicht im Geiste Jesu lag. Zu diesem Punkt gab Bruder Baumann folgende Begründung: Die N.S.-Gesellschaft ruht laut Satzung auf ideeller Grundlage, heute stehe aber der Verlagsbetrieb auf geschäftlicher Grundlage. Die Behörde solle in eine Prüfung des Tatbestandes eintreten. Mit der Entscheidung der Streitsache durch die Gesamtheit der N.S.-Freunde erklärt sich der Brüderrat einverstanden; dagegen wendet er sich mit Entschiedenheit gegen die Absicht der Gruppe Lutz, die Gruppe Patenge aus dem Verlag vollständig auszuschließen.

Eine Aufforderung des Bruders E n k e =Bietigheim entsprechend, der Brüderrat möge den Geist beider Gruppen prüfen, wurde folgendes festgestellt: Die Gruppe Patenge ist nicht schuldlos an dem Zwiste; aber die Gruppe Lutz gab ihr durch die unbrüderliche Ausnutzung ihrer

Stimmenmehrheit in der N.S.G. (4:3) Veranlassung, in die Oeffentlichkeit zu gehen. **Die Gruppe Patenge hat sich der Oberhohndorfer Brüderversammlung gestellt und dort ihre Fehler zugegeben**, während die **Gruppe Lutz es abgelehnt hat, von ihrem Handeln Rechenschaft zu geben.** Bruder **Lutz** hat in seinen Einführungsschriften den **Sinn** und **Wortlaut** der **N.S.-Schriften** in bedenklicher Weise **entstellt** (eine Beweisführung folgt in der nächsten Nummer); er ist sogar soweit gegangen, in ihnen **Gott als den Ursprung des Bösen darzustellen.** Er hat damit und mit der Geldsammlung bewiesen, daß er ein irrender Bruder ist. Aus der Mitte der Versammlung heraus wurde an einem Beispiel gezeigt, in welch eigenartiger Weise er bei seiner Schriftleitungsarbeit verfuhr. (Näherer Aufschluß hierüber wird vom Brüderrat gern erteilt.)

Dokumentennachweis: Mitteilungsblatt des Chemnitzer Brüderrates der Anhänger des Neu-Salems-Lichtes, Zwickau 1927, 1. Heft, S. 9-10

Diese Erzählung habe ich ohne jede Vorarbeit nach der Stimme des Geistes niedergeschrieben. Ich habe nichts gesucht, selber geplant und ausgedacht, sondern alles wurde mir in einem unwiderstehlichen, lebendigen Flusse innerer Worte in kürzester Zeitfrist gegeben. In meinem Herzen danke ich dieses Geschenk dem Geber aller guten Gaben. Von der Neu-Salems-Gesellschaft in Bietigheim wurde diese Erzählung herausgegeben, weil sie den Leser mit den in den Werken des Sehers und Gottesboten Jakob Lorber verkündeten Lehren des Neusalemslichts in anschaulicher Weise bekannt macht.

Walter Lutz

... In den Schriftwerken Jakob Lorbers wird die wahre Lehre Jesu Christi, **die Liebes-Heilslehre**, von allen menschlichen Entstellungen befreit und als ein rettendes Licht auf den Leuchter gestellt. Eine tiefsinnige Gottes- und Schöpfungslehre dient zur Erläuterung dieser Heilslehre der tätigen Gottes- und Nächstenliebe. ...

Dokumentenachweis: Walter Lutz: Siegende Liebe. Erzählung im Geiste der Neusalemsschriften. Neu-Salems-Verlag, Bietigheim 1931, Vorwort und Schlußgedanken

―――――――

„**Siegende Liebe**", Erzählung von Walter Lutz, (230 Seiten, Preis für Buchgemeinde geh. Mk 1,–, geb. Mk 2,–). Ueber dieses neue Buch des Neu-Salems-Verlages schreibt ein führender Bruder aus der Tschechoslowakei:

Den Hungrigen ist die Speise so zu bereiten, daß sie ihnen vollkommen entspricht. Den Lichtsuchenden eine Leuchte zu geben, die ihren geschwächten Augen nicht schadet, ist eine schwere und verantwortungsvolle Aufgabe. Und diese Aufgabe versucht Dr. Walter Lutz in seinem Buche „Siegende Liebe" zu lösen.

In Form einer Erzählung will Br. Lutz die Licht- und Liebesbotschaft Jesu, wie sie durch Jakob Lorber der nunmehr schon reiferen Menschheit neugeoffenbart wurde, der Finsternis bringen. Wer mehr oberflächlichen Geistes ist, der wird sich vielleicht an Form und Inhalt dieser Erzählung stoßen; denn „Siegende Liebe" ist kein Unterhaltungsroman, wenn auch der dramatische Aufbau der Handlungen, der seinen Höhepunkt im 14. Kapitel erreicht, so wuchtig ist, daß der Leser in seinem tiefsten Innern erschüttert ist, wenn er die Umkehr des Lehrers aus Nacht und Licht unter der Führung seiner lichtvollen, liebedurchglühten Gattin miterlebt. „Siegende Liebe" ist eine a u s g e z e i c h n e t e E i n f ü h r u n g s - u n d W e r b e -s c h r i f t, ein Lehrbuch der göttlichen Neuoffenbarung für unsere liebeleere, immer mehr sich verdunkelnde Zeit. „Siegende Liebe" ist das heiße Mühen eines erbarmenden Bruders, Licht und Klarheit zu bringen über das Diesseits und Jenseits, insbesondere über die Führungen einer Seele im Jenseits und über das Ineinandergreifen zweier Welten, von denen die Mehrheit der Menschen nur einen verzerrten, entstellten Begriff hat.

Dieses Buch ist daher ein Wegweiser für den ernsten Gottsucher. Es gibt dem Leben wieder Inhalt und Ziel, bringt Aufklärung über die sogenannten Ungerechtigkeiten im Menschenleben, schafft Zufriedenheit und Frohsinn und gibt endlich dem Menschen ein hohes Verantwortungsgefühl zurück, indem es in ergreifender Weise den Sieg der Liebe über seelisch-geistige und materielle Not schildert. Es bringt kurz gesagt, in gedrängter Form den Beweis, daß L i e b e d i e A n t w o r t i s t a u f a l l e F r a g e n.

So hätte ich nur den einen Wunsch, daß dieses Buch, das trotz seines Umfanges billig ist, in die Hand eines jeden Menschen käme, der da haltlos auf Erden steht; er würde durch diese Erzählung die unter dem Einflusse des Geistes der Liebe geschrieben wurde, einen zielbewußten, frohen und damit zufriedenen Leben zurückgegeben werden.

J.F. Trautenau.

Dokumentennachweis: Zeitschrift ‚Das Wort‘, Neu-Salems-Verlag, Bietigheim 1931, Heft 12, S. 375-376

Ganz besonders klar beleuchtet der bekannte Religionsphilosoph Dr. W a l t e r L u t z in seinem vortrefflichen Werke: „Die Grundfragen des Lebens im Lichte der Botschaft Jakob Lorbers" die Bedeutung des Okkultismus und Spiritismus als Brücke zum Christentum. Es seien deshalb Auszüge aus seinem Werke zur Belehrung geboten.

Über „Okkultismus und Spiritismus als Erfahrungsquellen" schreibt der Gelehrte Dr. W a l t e r L u t z:

„Wichtige wissenschaftliche Erfahrungswege bieten auch der O k - k u l t i s m u s, d.h. die Wissenschaft der geheimen Seelenkräfte und der S p i r i t i s m u s, d.h. die Lehre vom Sein und Wirken unkörperlicher Geistwesen und der praktisch-geistige Verkehr mit solchen. – Diese Wege der Erkenntnis haben gerade in unserer Zeit eine ganz besonders große Bedeutung gewonnen. Ja, bei der großen geistigen Weltwende unserer Tage, der Erweckung und Rückführung der Menschheit aus der Geisternacht des Materialismus und Unglaubens, spielen sie durch die Gnade und Zulassung unseres himmlischen Vaters eine wichtige H a u p t r o l l e, und man darf wohl ohne Übertreibung sagen, daß der Okkultismus und Spiritismus in den letzten Jahrzehnten mit ihren Ergebnissen Millionen von Menschen unter allen Zonen einem neuen Glauben an eine geistige Welt, an ein Fortleben und an einen allwaltenden Gott entgegengeführt haben. Denn vielleicht mehr als manche christliche Kirche haben diese Forschungen Ungläubige zum Nachdenken und zur kritischen Prüfung ihrer alten, blinden Anschauungen gebracht.

Der Spiritismus hat freilich auch – wie jeder Kundige weiß – seine Gefahren. Wir sollen daher nicht dabei dauernd stehen bleiben, sondern vom Spiritismus fortschreiten zur Theosophie[4].

– Und die Lehren der N e u s a l e m s s c h r i f t e n werden in diesem Punkte von einer lichtvollen Kundgabe durch J a k o b L o r b e r (siehe ,Frohe Botschaft', S. 17) dahin kurz zusammengefaßt: „Wie aber nur der wohlunterrichtete Apotheker es versteht, was da nach dem vorliegenden Rezepte dem Kranken für eine Arznei zu bereiten ist, also soll denn auch in dieser gar wichtigen Sache, durch die im Grunde nun eine Brücke zwischen der Sinnen- und Geisterwelt bewerkstelligt werden soll, sich kein Laie lediglich aus einer alberne, wundersüchtigen Neugierde beifallen lassen, Experimente zu bewerkstelligen, wozu ihm die Grundelemente fremd sind. Aber S a c h k u n d i g e u n d e r n s t l i c h v o m b e s t e n W i l l e n B e l e b t e sollen die Experimente mit allem Fleiße durchführen und nicht ruhen, bis sich ihnen nicht nur der Vorhof, sondern auch der g a n z e T e m p e l d e s L i c h t e s aufgetan hat."

Freilich, so wenig wie die Naturforschung sind auch Okkultismus und Spiritismus berufen, den Schleier vom Geheimnisse Gottes völlig zu lüften.

In Übereinstimmung mit Kant heißt es bezüglich der Naturkunde in den Lorberschriften: ,Ihr werdet damit die Menschen nur zu einem Ahnen und Wittern des Daseins eines Gottes, aber nie zu Seiner vollen Erkenntnis bringen.'

Und ähnlich wird die Wirkung von Erscheinungen der Geisterwelt beurteilt."

[4] Gemeint ist die christliche Theosophie (Jakob Böhme, Bengel, Ötinger, Oberlin, Jakob Lorber usw.)

Dokumentennachweis: Wilhelm Otto Roesermueller: Die göttliche Heilkunst Jesu, Turm Verlag, Bietigheim, 5. Auflage 1989, S.35-36; Hinweis auf: Christoph Friedrich Landbeck (Hg.): Frohe Botschaft von Gnadenstrahlen eines reineren Verkehrs mit Seligen. Ein lebendiges Pantheon als Vorbote von Ein Hirt und Eine Herde, erweiterter Neudruck, Neu-Salems-Schriften No 25. Neu-Salems-Verlag, Bietigheim 1914

––––––––––

Erfahrungen eines Lorberfreundes

Gerhard Deege

Aber, liebe Freunde, es gibt ja dazu ein wunderschönes, zu Herzen gehendes Beispiel! Das Gedicht einer Frau, einer – wie ich meine – zu

Unrecht fast vergessenen wahrhaftigen schwäbischen Dichterin. Wer noch nicht wußte, was Jesus gemeint hat, als Er sagte: Ihr müßt erst werden wie die Kinder...! Hier wird es deutlich, denn in kindlicher Unschuld und Reinheit quillt es lieblich aus einem übervollen Frauenherzen. Jubelnd und zart zugleich spricht sie aus, was viele empfinden, aber nicht benennen können:

> Gott hat die Erde zum Himmel gemacht,
> mit goldenen Sternen sie bedacht,
> mit Duft und Liedern sie durchlenzt,
> mit roten Rosen sie bekränzt!
> Mir ist, als müßten nun auf Erden
> die Menschen gar zu Engeln werden!

Diese herzhaft-überschwenglichen Verse schrieb einst Maria Lutz-Weitmann, und sie überschrieb sie schlicht mit: Frühling! Das „Lutz" in ihrem Namen steht für Dr. Walter Lutz, denn sie war seine erste Frau und er ein früher Förderer ihrer Kunst. Nun, damals, als Maria diesen heiteren Sechszeiler schrieb, durfte man noch unbefangen Gefühl zeigen und sicher sein, auch verstanden zu werden! Man spürt noch heute das Echte, Unverstellte in ihren Reimen – und ist ergriffen von der zarten und innigen Poesie, die die kleine Welt ihrer Verse durchweht. Von der ersten Zeile an habe ich es so empfunden, als ich mich in ihre Gedichte hineinlas...

Dokumentennachweis: Zeitschrift ‚Das Wort‘, Lorber-Verlag, Bietigheim 1994, Heft 1, S. 44-45

Vorwort
zur zweiten Auflage

Seit dem Erscheinen der ersten Auflage im Jahre 1924 ist fast ein Menschenalter vergangen. Was sich in diesem Zeitraum in der Welt abgespielt hat, das hat einsichtsvolle Menschen zu der Überzeugung gebracht, daß wir uns in der Endphase der Endzeit befinden. Endzeit heißt – das wissen wir aus Bibel und Neuoffenbarung Auseinandersetzung zwischen Gott und Seinem Gegenpol, Kampf zwischen Christus und dem Antichrist. Aus den gleichen Quellen haben wir die Heilsgewißheit, wissen wir um Christi Triumph über den Antichrist. Doch diesem Sieg geht voraus die Zeit – und in ihr leben wir –, in der Gottes Gegenpol mit allen ihm zu Gebote stehenden Kräften und Mitteln versuchen wird, soviele Menschen wie nur möglich von Christus zu entfernen. Des Gegenpols Geist der Versuchung und Verderbnis zeigt sich in der letzten Phase der Endzeit in schrecklich verfinsternden, zerrüttenden und zerstörenden Bestrebungen verblendeter Menschen und Menschengruppen, bis in unserer Zeit auf dem ganzen Erdkreis zu verspüren sind.

Man spricht heute oft von der „Herrschaft des Antichrist". Ihr ging voraus der Fall Luzifers. Dieser Abfall von Gott ist eines der entscheidensten Ereignisse innerhalb der gesamten Schöpfung und ihrer Geschichte. In diesem Buch, in dem vier kleine Schriften vereinigt sind, die früher in Sonderheften herausgegeben wurden, ist im vierten Hauptkapitel der Fall Luzifers eingehend behandelt, und zwar auf Grund der durch Jakob Lorber niedergeschriebenen Neuoffenbarung. Diesem Hauptkapitel schickt der Verfasser drei andere voraus, in denen er in ebenfalls wichtige Teile des gewaltigen Gedankengebäudes der Neuoffenbarung einführt. Das Büchlein ist damit nicht nur ein Führer durch das Gesamtwerk des Grazer Mystikers und Sehers Jakob Lorber, sondern auch eine Einführung in das neugeoffenbarte Gotteswort für alle lichtsuchenden Menschen unserer unruhigen und ungewissen Zeit. Im Herbst 1951

Lorber-Gesellschaft e.V.
Bietigheim/Württ.

Dokumentennachweis: Walter Lutz: Gott und Sein Gegenpol. Nach den geistigen Eröffnungen durch Jakob Lorber. Vier Aufklärungsschriften. Herausgegeben von Lorber-Gesellschaft e.V. im Lorber-Verlag, Bietigheim 1951

––––––––––

1927 trat Dr. Walter Lutz für den aus dem Verlag ausscheidenden Walter Patenge an die Stelle des Schriftleiters der Zeitschrift „Das Wort". Jahrelange Streitereien zwischen Zluhan und Patenge führten zu dessen Ausscheiden aus dem Verlag und der Gesellschaft. [30] Lutz führte den „Lorber-Abreißkalender" ein, ein neben der Zeitschrift wichtigstes Werbemittel für die Werke Lorbers.

[30] R. Rinnerthaler (a.a.O., S. 141) berichtet, daß der jahrelange Streit auch bis vor das Arbeitsgericht in Heilbronn gedrungen ist (siehe auch S. 116 dieser Veröffentlichung).

Dokumentennachweis: Matthias Pöhlmann: Lorber-Bewegung – durch Jenseitswissen zum Heil?, Friedrich Bahn Verlag, Konstanz 1994, S. 55

––––––––––

Im Heft Nr. 6 desselben Jahrganges stellen sich die Lorber-Funktionäre dann offiziell hinter Hitler. In einem Aufsatz, der unterzeichnet ist „namens der Neu-Salems-Gesellschaft e.V. in Bietigheim, Württemberg, der Vorstand: Otto Zluhan, Fritz Enke, der Schriftleiter: Dr. Walter Lutz", heißt es: „Hitler ist ... seit langen Jahrzehnten wieder der erste deutsche Staatsmann und Volksführer, der aus tiefster Herzensveranlagung und Einsicht heraus den Gottesglauben und die Liebe zum Allvater ernsthaft als eine unbedingte, e r s t e L e b e n s g r u n d - l a g e von Volk und Staat erkennt und mit Tatkraft und Entschiedenheit in einer über dem Konfessionshader stehenden, weitherzigen, christlichen Form zur allgemeinen Geltung zu bringen strebt. Die kann jedermann schon aus seinem Buche ‚Mein Kampf' entnehmen, das jeder Deutsche, der hier mitreden will, gelesen haben muß. ... Daß Adolf Hitler übrigens bei aller Wahrhaftigkeit seines männlichen Geistes ein wahrer F r i e d e n s m e n s c h ist, kann einem Zweifel nicht unterliegen. Er hat als Soldat im Weltkrieg die Grauen des Krieges und in der Nachkriegszeit die verwüstenden Kriegsfolgen blutenden Herzens miterlebt und kann als ein wahrer, warmherziger Menschenfreund weder seinem noch einem andern Volke derartiges wünschen. ... <u>Geistig, politisch und wirtschaftlich sehen wir also die Gedanken und Bestrebungen Adolf Hitlers in weitgehendster Übereinstimmung mit den schon vor fast 100 Jahren durch den großen deutschen Seher und Gottesboten Jakob Lorber enthüllten, in den ‚Neusalemsschriften' niedergelegten Lehren.</u> Wir Neusalemsfreunde bedürfen daher keiner ‚Umstellung' oder ‚Neueinstellung' gegenüber dem neuen Staate. Die ‚Gleichschaltung' hat der oberste Lenker der Staats- und Völkergeschichte schon dadurch vollzogen, daß Er dem Erwecker und Führer des neuen Deutschland die g l e i c h e n G r u n d g e d a n k e n ins Herz geflößt hat wie seinem vorausgesandten Rüstzeuge J a k o b L o r - b e r ." (1)

(1) ZLUHAN, Otto u.a.: Der neue Staat und das Neusalemslicht. In: Das Wort. Zeitschrift der Freunde des Neu-Salems-Lichtes, Nr. 6, 1933, Jg. 13, S. 172ff.

Dokumentennachweis: Reinhard Rinnerthaler: Zur Kommunikationsstruktur religiöser Sondergemeinschaften am Beispiel der Jakob-Lorber-Bewegung, Dissertation (unveröffentlicht), Salzburg 1982, S. 142-143

Walter Lutz (1879–1965) ist hier zu nennen, der 1924 erstmals einen Führer durch das Gesamtwerk Lorbers vorlegte, welcher unter dem Titel: „Das Reich des Ewigen. Führer durch die Werke Jakob Lorbers" erschien.

Mitte der zwanziger Jahre erlebte die Öffentlichkeitsarbeit der „Neu-Salems-Gesellschaft" einen Höhepunkt, welcher in besonderer Weise durch die erwähnte Schrift des Pfarrers Hermann Luger „Bibel und Neuoffenbarung" gekennzeichnet ist.

1927 übernahm Walter Lutz den Posten des Schriftleiters der Zeitschrift, nachdem Walter Patenge nach einem jahrelangen, und für die Gesellschaft problematischen Streit, ausgeschieden war. Walter Lutz gehört in den nächsten Jahren zu den entscheidenden Köpfen im Bietigheimer Unternehmen und in der „Neu-Salems-Gesellschaft". Er führt die Auseinandersetzungen mit den Kritikern der „Neuoffenbarung" und veröffentlicht eine Fülle von Schriften, welche Außenstehenden den Zugang zum Lorberwerk ermöglichen sollen. /71/ Dabei weißt er unverdrossen auf die universale Bedeutung Lorbers hin.

... Erst in den letzten Heften, die 1937 unmittelbar vor dem Verbot der Zeitschrift erscheinen, setzt sich W. Lutz mit dem „Kirchenkampf" innerhalb der evangelischen Kirche auseinander. So lesen wir in Heft 5 (1937) in einer Abhandlung zu Pfingsten unter dem Titel: „Ein Brausen vom Himmel her" folgende Überlegungen zur „Bekenntniskirche" und zu den „Deutschen Christen". Lutz schreibt:

„Die sog. „Bekenntnisfront" will also, kurz gesagt, in der Glaubenslehre alles beim Alten lassen. Dem Geist der neuen Zeit wird keinerlei

44

Zugeständnis gemacht. Es wird auch keine fortschreitende Neuoffenbarung Gottes anerkannt. Vielmehr soll genau wie bisher weiter gelehrt, gepredigt und geglaubt werden." /82/

Dem hält Lutz die Haltung der „Deutschen Christen" entgegen:

„Die ‚Volkskirchliche Bewegung der Deutschen Christen' hat das berechtigte Bedürfnis unserer Zeit nach einer neuen, tieferen Ergründung des biblischen Evangeliums eher begriffen. Man dringt auf dieser Seite mehr und mehr zu der wichtigen Erkenntnis durch, daß die einzelnen konfessionellen Auffassungen, Glaubenssätze und Bindungen ... den Menschen nicht vor Gott gerecht und selig machen, sondern daß ... das wahre evangelische Heil ... in der Herzensgesinnung und im Handeln nach dem Gebote der Gottes- und Nächstenliebe besteht. ... Daher (wollen) die Deutschen Christen die konfessionellen Dogmen in zweite Linie rücken und das biblische Evangelium ... als ein praktisches Tatchristentum verstanden wissen." /83/

Für Walter Lutz liegt ein entscheidendes Kriterium bei der Beantwortung vorliegender Frage in der Christologie, ein anderer Aspekt ergibt sich durch die von den Lorberfreunden positiv beantwortete Frage nach der Möglichkeit einer fortschreitenden Offenbarung Gottes in bestimmten (Führer-) Persönlichkeiten. So ist es nur konsequent, wenn Lutz an anderer Stelle schreibt:

„Gott offenbart Sich ... jedem Volke auch immer wieder durch besonders erleuchtete Weise und Führer ... in einer seinem ‚Blut', d.h. seiner seelischen Besonderheit, entsprechenden ‚arteigenen' Form, Tiefe und Färbung. ...

Wahrlich, jeder Kenner muß nur freudig staunen, wie nunmehr in unseren Tagen die ewige Gotteswahrheit nach und nach mit Macht ans Licht kommt, ... welche der deutsche Gottesmann in Graz ... schon vor fast hundert Jahren in seinen Schriften verkünden durfte." /84/

Es fällt dem genauen Leser aber auf, daß Walter Lutz sich nicht expressis verbis auf die Seite derer schlägt, die in Adolf Hitler eine solche Führerpersönlichkeit sehen. Denn die Formulierung „... in unseren

Tagen ... nach und nach ans Licht kommt ..." meint mit Sicherheit nicht die national-sozialistische Bewegung, sondern den zunehmenden Bekanntheitsgrad Lorbers!

Daß Lutz bei diesen Überlegungen nicht davor gefeiht ist, die Bedeutung Lorbers entscheident zu überschätzen, zeigt sein Gedanke, wonach

„... mancher Führer der (deutschchristlichen - d. Verf.) Bewegung den in der Neuoffenbarung durch Jakob Lorber gewiesenen Heilsweg richtig erfaßt (hat)". /85/

Ich hoffe, gezeigt zu haben, daß die „Neu-Salems-Gesellschaft" trotz einer anfänglichen Euphorie in den Jahren 1933/34 schon bald in einem distanzierten Verhältnis zum sog. „Dritten Reich" stand.

Daß ihr dabei, verglichen mit der „Bekennenden Kirche" einiges an Klarheit fehlt, hat zwei Ursachen: Erstens war die „Neu-Salems-Gesellschaft" eine sehr kleine Gruppe, sodaß sie schon bald um ihre Existenz besorgt sein mußte, und zweitens fehlt den Lorberfreunden die theologische Klarheit des „sola scriptura", welche sie entschiedener davor bewahrt hätte, in den politischen Bewegungen ihrer Zeit eine Offenbarung Gottes zu sehen.

Hier liegen die Ursachen dafür, daß Walter Lutz in seinem Pfingstartikel 1937 der „Bekennenden Kirche" vorhält, sie würde „alles beim Alten" lassen wollen, während er in den Reihen der „Deutschen Christen" eine „tiefere Ergründung des biblischen Evangeliums" zu finden meint.

Abschließend ist noch einmal Walter Lutz zu nennen, weil er etwa 1938/39 die leider undatierte Schrift „Jakob Lorber der Glaubensbote der Neuzeit" vorlegte. Hier versucht der Verfasser in sieben Punkten die „Übereinstimmung (Lorbers) mit neuzeitlichem Gedankengut" /86/ zu zeigen. Dabei behandelt er das „Führerprinzip" /87/, soziale und politische Fragen, aber auch die sog. „Judenfrage". Es fällt auf, daß Lutz in diesem Punkt jeden Kommentar vermeidet und nur ein längeres Zitat aus der „Dreitagesszene" wiedergibt. Dabei handelt es sich um relativ harmlose Worte Jesu, mit denen er sich an jüdische Autoritäten wendet. Lutz hat es also vermieden, jene Worte des Lorberschen Jesus zu suchen, in denen ein bedrückender Antijudaismus zu finden ist. /88/

Anmerkungen:
71 Z.B.: W. Lutz: Das Neusalemslicht. Die Religion des kommenden Zeitalters, Bietigheim, o.J. – ders.: Der Wunderbau der Schöpfung nach den Eröffnungen des deutschen Sehers Jakob Lorbers, Bietigheim 1935 – ders.: Jakob Lorber, der Glaubensbote der Neuzeit, Bietigheim, o.J.

Dokumentennachweis: Andreas Fincke: Jesus Christus im Werk Jakob Lorbers. Untersuchungen zum Jesusbild und zur Christologie einer „Neuoffenbarung", Dissertation (unveröffentlicht), Halle-Wittenberg 1992, S. 29, 31-33, 186

BEGRÜSSUNGSWORTE

von Otto Zluhan

... Mit besonderer Liebe und Dankbarkeit gedenken wir der lieben heimgegangenen Geschwister. Am Donnerstag, den 29. Juli, waren wir bei der Beerdigung unseres geschätzten Freundes und Geistesbruders Dr. Walter Lutz.

Im Alter von 86 Jahren wurde er von unserem himmlischen Vater in die ewige Heimat abberufen und darf nun schauen, was er geglaubt hat. Für viele der Anwesenden ist er ja durch sein Wirken für die Neuoffenbarung ein guter Freund und Helfer.

Bruder Walter Lutz ist wohlbekannt als ehemaliger Schriftleiter der Zeitschrift „Das Wort", und seine vielfachen Einführungsschriften in das Neuoffenbarungswerk Jakob Lorbers, vor allem aber durch sein großes Werk „Die Grundfragen des Lebens", mit dem er eine Gesamtdarstellung der Werke Lorbers geschaffen hat.

Er sah es als seine Lebensaufgabe an, für das Lorberwerk zu wirken, das ihn selbst mit seinen Geistesschätzen so unendlich bereichert hatte. Unsere herzlichen Segenswünsche und unsere dankbare Liebe begleiten ihn.

Dokumentennachweis: Zeitschrift ,Das Wort', Lorber-Verlag, Bietigheim 1965, Heft 9/10, S. 249

IV Rezensions-Kommentare

Anfragen zu Josef Mahlbergs Rezension

Titel des Buches

Seher, Grübler, Enthusiasten – Sekten und religiöse Sondergemeinschaften der Gegenwart, Kurt Hutten

Zeitschrift

‚Das Wort‘, Lorber-Verlag, Bietigheim/Württemberg, 1950, Heft 10, S.
264-269

Verfasser

Dr. Josef Mahlberg, Gründermitglied der am 15.03.1949 gegründeten
Lorber-Gesellschaft e.V., Autor folgender Titel: Heilige und Ketzer.
Eine Auswahl aus der christlichen Mystik des Abendlandes, mit einer
Einführung und biographischen Skizzen, Turm Verlag, 1950. Der Herr
spricht, Auswahl aus Jakob Lorbers Werk ‚Johannes, das große
Evangelium‘, 2 Bd., Lorber-Verlag 1950

Anfragen

Ist die geistige Tiefe von der Rechtfertigung durch den Glauben erkannt
worden?

Wird mit dem Abwerten der Luther-Botschaft nicht die Lorber-
Botschaft aufgewertet?

Ist sich Herr Mahlberg darüber bewusst, dass er das besprochene Buch
von der Lorber-Botschaft her beurteilt?

Sind ‚Die Geheimnisse hinter dem Vorhang‘ für unser Heil wichtig, so
dass man diese erläutern bzw. richtig stellen muss?

Musste Herr Hutten als Verteidiger der biblischen Botschaft nicht auch
kritische Gedanken zur Neuoffenbarung niederschreiben?

Müssen gläubige Christen sich zur Neuoffenbarung bekennen, anson-
sten ihnen die ganze ‚Enthüllung des Evangeliums‘ verborgen bleibt?

Legt sich das Evangelium nicht durch den Heiligen Geist selber aus?

Ist das 25-bändige Werk des Mystikers nicht für die gegeben, die allein der Frohbotschaft Jesu keinen Glauben schenken können?

Welcher Lorber-Mystiker konnte jemals eine kritische Darstellung des Gesamtwerks veröffentlichen?

Wird nicht viel leichter jeder Kritik am Werk widersprochen, als es selber zu wagen, Kritik am Werk zu äußern?

Ist nicht auffallend, dass Mahlberg 1950 noch vom Grazer Mystiker sprach, wogegen Lorber im heutigen Bietigheimer Verlagsprospekt als Prophet gilt?

Wie kann Mahlberg 1950 behaupten, dass die Neusalems-Gesellschaft e.V. seit einigen Jahren schon so heißt, obwohl diese erst am 15. März 1949 gegründet wurde?

Weshalb verschweigt Mahlberg vom Dekan Scheurlen schlussfolgende Beurteilung, dass er die ‚Göttlichkeit‘ der Offenbarungen Jakob Lorbers nicht erkennen kann, da die Grundfrage des Christentums nicht erfasst ist?

Hat Hutten das Kapitel ‚Das Geheimnis hinter dem Vorhang‘ nicht sachgerecht ausgesucht, wenn selbst Mahlberg zitiert, dass der Zweck in der Neuoffenbarung gemäß Lorber: die ‚Enthüllung des Evangeliums‘ sei?

Warum sollen nur die Kirchen Fehler eingestehen und nicht auch die Verleger, Interpreten und Freunde des Lorber-Werkes, welche durch die Kritik von Hutten offensichtlich werden?

Gehört nicht auch ein Menschenleben dazu, die Bibel zu studieren und erschöpfend darzustellen, ebenso wie das gewaltige Werk des Grazer Mystikers?

Reicht ein Überblick über das Gedankengut Lorbers nicht aus, um sich dann ganz zum Bibelstudium zu entscheiden? Ist es nicht offensichtlich, dass beides kaum machbar ist?

Können nicht auch die Studien Lorbers zu neuen ‚Gesetzlichkeiten‘ führen, wie es einst die Brüder um Walter Patenge erkannt hatten?

Hat nicht gerade Dr. jur. Walter Lutz diesen ‚gesetzlichen‘ Weg trotz starkem Bedenken von wachsamen Brüdern eingeschlagen?

Sollte etwa dadurch das mystische Werk einen wissenschaftlichen Anspruch erhalten und kann von der alltäglichen Nachfolge Christi fort-
führen?

Wem ist es noch gegeben, das Werk so darzustellen, wie es der Religions-
Philosoph Walter Lutz tat?

Hatte Lorber kein ‚mächtiges Verlangen nach tieferem Eindringen in die
Geheimnisse der Schöpfung‘, weshalb er die Schriften Swedenborg kaum
las, oder widerstrebte ihm nur die wissenschaftliche Darstellungsweise?

Ist die Offenbarung des Johannes durch den Heiligen Geist geschrieben
oder durch die innere Stimme?

Ist es Hutten zu verwehren, dass er von Offenbarung nur dann spricht,
wenn dies durch den Heiligen Geist geschehen ist?

Ist es ein Zeichen des Heiligen Geistes, dass der Laodizener-Brief auf
Bitte eines wissbegierigen, guten Christen entstanden ist?

Weshalb wird diese wichtige Information in den heutigen Auflagen nicht
mehr bekanntgegeben?

Sollte man sich nicht ernsthaft fragen, weshalb der erfahrene Seelsorger
Hutten trotz des gewaltigen Gedankengutes der Neuoffenbarung noch
Fragen hatte, die er als Löcher empfand?

Wenn viele Christen neben der Gemeinschaft auch seelsorgerliche
Betreuung bedürfen, bei welchem Seelsorger werden die vielen aufge-
worfenen Fragen durch die Neuoffenbarung bewältigt?

Wenn einem selber auch einige Fragen beantwortet wurden, weshalb
bringt man sich dann nicht liebend dienend im Leib Christi ein, anstatt oft
sehr ‚unglücklich‘ für die Neuoffenbarung zu missionieren?

Wenn jede noch so umfangreiche Erläuterung aus der Neuoffenbarung
letztlich nur Stückwerk ist, können wir uns auch dem Gedanken von Vater
Christoph Friedrich Landbeck anschließen, dass alle unsere Erkenntnisse
nur Stückwerk sind?

Wie konnte der Begründer des Lorber-Verlags in Bietigheim diese tiefe
Einsicht haben, wenn heute Lorber-Interpreten die Erkenntnis aus der
Neuoffenbarung so hoch ansiedeln?

Spielt das Kreuz in der Kosmologie (Lehre von der Entstehung und Entwicklung des Weltalls) und auch im Gesamtwerk Lorbers nicht eine verschwindend geringe Bedeutung?

Weshalb geht Mahlberg nicht konkret auf die Frage nach der Erlösung und deren ernsthaftem Sinn nach?

Werden nicht die Unterschiede bedenklich verschoben, wenn die Christenheit Jesus als fleischgewordenes Wort ehren und jeder wiedergeborene Mensch ein lebendiges Wort Gottes werden soll?

Worin bestehen denn die Unterschiede zwischen Bibel, innerem Wort und lebendigem Wort Gottes?

Werden mit den Antworten Mahlbergs auf die Fragen von Hutten nicht noch weitere Fragen aufgeworfen, so dass die empfundenen Löcher noch größer werden?

Müssen nicht kosmologische Fragen, die Mahlberg versucht, ohne biblischen Bezug zu beantworten, immer wieder neue ‚Löcher‘ aufreißen?

Wenn Huttens Behauptung, dass der ‚Große Schöpfungsmensch‘ Lorbers dem ‚Großen Menschen‘ Swedenborgs auch nicht entspricht, wo bleibt die Antwort, weshalb Gott sich um uns kümmert, Fleisch wird und ans Kreuz geht?

Wenn Hutten bei der Seele des Menschen nach dem verantwortungstragenden Ich fragt, wie kann gemäß Mahlberg ein beigefügter ungeschaffener Geist aus Gott eine Antwort sein?

Wenn der ungeschaffene Geist aus Gott es dem Menschen nach seiner Vollendung ermöglicht, ein wirkliches Kind Gottes zu sein, welche abgeschwächte Verantwortung trägt dann noch die Seele?

Wer kann sich bei dieser kosmologischen Antwort Mahlbergs noch herzlich darüber freuen, dass er schon heute durch den verantwortlichen Glauben ein Kind Gottes ist?

Können wir uns heute über die erwartende Wiederkunft Christi überhaupt noch freuen, wenn die Weiterentwicklung der Seele im Jenseits nichts damit zu tun hat?

Hilft Mahlbergs verknüpfende kosmologische Antwort über das große Erlösungswerk, indem er sowohl vom verlorenen Sohn als auch von der Menschenseele spricht?

Wenn die Kirchen mit ihrer unverständlichen Theologie verantwortlich sind für religiöse Sondergemeinschaften, kann dann die alles erklärende Kosmologie den Glauben wirklich neu gründen oder wird alles noch unverständlicher?

Ist Huttens Behauptung so falsch, dass die Gottesauffassung der Neuoffenbarung ein Vernunftglaube (Deismus) sei, wenn wir an die endlosen Belehrungen und Ratschläge denken?

Ist Herrn Mahlberg beim Erwähnen der Mechthild von Magdeburg aufgefallen, dass diese sich einem geistlichen Führer (Priester) anvertraute? Weshalb tat dies nicht auch Jakob Lorber?

Wenn Aussagen von Offenbarungen durch das innere Wort durch Mechthild von Magdeburg und Jakob Lorber beispielsweise in der Heiligen Dreifaltigkeit widersprüchlich sind, wem sollen wir dann unseren kostbaren Glauben schenken?

Ist es nicht erfreulich, dass Mahlberg es dem Leser noch selber überlässt, sich an Hand von Originaltexten ein eigenes Bild zu machen?

Nimmt nicht gerade der dogmatische Vernunftglaube einem diese geistige Freiheit des eigenständigen Prüfens?

Wie kann bei der biblischen Erklärung des Johannes-Evangeliums durch Lorber ‚die Sünde der Welt‘ (Joh 1,29) in ‚Schwächen der Menschen‘ interpretiert werden?

Ist die Sünde der Welt, welche Jesus trägt und wegnehmen kann, nicht etwas grundlegend anderes als die Schwächen der Menschen gemäß Mahlberg?

Weshalb endet die biblische Erklärung des Johannes-Evangeliums durch Lorber bereits nach dem 4. Kapitel, obwohl diese 21 aufweist?

Kann der stets betonte ‚Vernunftglaube‘ überhaupt das menschliche Herz der Sündhaftigkeit überführen?

Ist es ein sachliches Argument, wenn Mahlberg auf die fehlende Würde der Neuoffenbarung antwortet, dass die Zahl der Leser täglich steigt und auch protestantische Pfarrer dazugehören?

Kann man den schwersten Vorwurf Huttens, dass die Schriften der Neuoffenbarung ein Produkt der Aufklärung seien, damit sachgerecht widerlegen, wenn Mahlberg auf die unten abgedruckte Vorrede des Herrn aus dem 1. Band der Haushaltung Gottes verweist?

Weshalb soll bei persönlichen Gesprächen nur Pfarrer Hutten zu einem anderen Ergebnis über die Schriften Jakob Lorbers kommen und nicht auch die Lorber-Gesellschaft?

Wenn Huttens Beurteilung seiner innersten Gewissensüberzeugung aus der Rechtfertigung durch den Glauben geschah, so mögen Freunde des Werks sich selber ernsthaft prüfen, mit welchem biblischen Recht sie die Botschaft der Reformation glauben ablehnen zu können?

Führt nicht jeder Absolutheitsanspruch zur Rechthaberei und damit zur weiteren Spaltung innerhalb des Leibes Christi, anstatt jeder Gläubige sich dienend in der Nachfolge Christi liebend einbringt?

Hat Mahlberg selber den Mut gehabt, sich gemäß Hutten der sachlichen Veränderung des biblischen Wortes durch die Neuoffenbarung zu stellen, wenn er diese auch in seiner Darstellung unerwähnt lässt?

Wäre die Erörterung der sachlichen Veränderung des biblischen Wortes nicht weit sinnvoller gewesen, als kosmologische Fragen aufzuwerfen, die nicht am biblischen Wort gemessen werden können?

Ist die Veränderung des biblischen Wortes durch die Neuoffenbarung nicht viel schwerwiegender, als mehrfach auf Huttens Erklärungsversuch über den Empfang der jenseitigen Diktate Lorbers einzugehen?

Was für ein wahrheitsliebender Geist muss hinter Hutten gestanden haben, dass er es wagt, die alles und jeden belehrende Neuoffenbarung kritisch zu belehren?

Wollen nicht auch die Lorber-Interpreten alle, insbesonders die Kirchen, belehren?

Ist es ihnen nicht völlig fremd, dass auch sie belehrende Korrektur nötig haben? Wer kann sich vom religiösen Irrtum freisprechen, wenn einem die Neuoffenbarung anscheinend alles erklären kann?

Anfragen zu Dr. Rainer Uhlmanns kritischer Stellungnahme

Titel der Stellungnahme

Kritische Stellungnahme zu einer in Österreich erschienenen Dissertation eines Reinhard Rinnerthaler über das prophetische Werk Jakob Lorbers

Zeitschrift

‚Das Wort', Zeitschrift für ein vertieftes Christentum, 1988, Lorber-Verlag, Bietigheim-Bissingen, 1988, Heft 4, S. 170-173

Verfasser

Dr. Rainer Uhlmann, 1915–1998, Arzt, verheiratet, 6 Söhne, 1967 Botschaft Jakob Lorber begegnet, Autor des 1987 erschienenen Buches: ‚So sprach der Herr zu mir...' Einführung in das prophetische Werk Jakob Lorbers. 352 Seiten, Lorber-Verlag

Anfragen

Warum erscheint erst 1988 eine kritische Stellungnahme zu einer aus April 1980 erstellten Dokumentation, die 1981 in Wien veröffentlicht wurde?

Weshalb wird folgender, vollständiger Titel bzw. das Deckblatt der Dokumentation nicht korrekt wiedergegeben?

Jakob Lorber und Seine „Neuoffenbarung", Die heutige Verbreitung des Lorber-Gedankengutes, Leben und Werk Jakob Lorbers, Die „Lehre" Jakob Lorbers, Beurteilung der Lorber-Schriften aus der Sicht der Parapsychologie und Theologie.

Teil einer in Arbeit befindlichen Dissertation „Der steirische Privatprophet Jakob Lorber. Sein Schrifttum, dessen Verbreiter und seine Anhänger" von Reinhard Rinnerthaler, bearbeitet von Dr. Friederike Valentin. DOKUMENTATION 4/80

Warum wird nicht das Referat für Weltanschauungsfragen, Sekten und religiöser Gemeinschaften von Österreich zitiert, wo diese Dokumentation 1981 veröffentlicht wurde?

Warum wird nur der 47-seitige Teil einer in Arbeit befindlichen Dissertation besprochen, wenn die eigentliche Dissertationsarbeit, Umfang 360 Seiten, bereits 1982 erstellt wurde?

Warum fehlen bei der angegebenen Arbeit die Jahreszahl, der Umfang und inwieweit diese hier besprochene Arbeit zur Erlangung des geisteswissenschaftlichen Doktoranden dazugehörte?

Weshalb macht Herr Uhlmann den Verfasser zu einem Doktoranden der Theologie? Wie kann er dem Verfasser unterstellen, dass er von Vorurteilen ausging? Ist das Werk Lorbers wirklich nur vordergründig abgehandelt worden? Weshalb hat bis heute die römisch-katholische Kirche diese Privatoffenbarung nicht anerkannt? Warum öffnete Lorber sich keinem Priester?

Weshalb wird die Dissertation von Herrn Rinnerthaler (geb. 1949, verheiratet, 3 Kinder, Publizistik und Soziologie-Studium, seit 1972 bis heute Verlagsleiter im St. Peter Verlag, Salzburg) mit dem Thema: ‚Kommunikationsstruktur einer religiösen Sondergemeinschaft am Beispiel der Jakob-Lorber-Bewegung' überhaupt nicht erwähnt?

Gehört dies zur seriösen Berichterstattung eines vertieften Christentums oder zur propagandistischen Verschleierung einer religiösen Sondergemeinschaft?

Wie kann die Schriftleitung ‚Das Wort', der Zeitschrift für ein vertieftes Christentum, einen solchen unqualifizierten Beitrag veröffentlichen?

Wo bleibt die vielfach behauptete Glaubwürdigkeit gegenüber dem wirklichen Sachverhalt? Ist dies den Lesern überhaupt aufgefalllen?

Weshalb soll man beim ersten genannten Vorurteil der verkannten lorberschen Trinität Gottes gemäß Herrn Uhlmann toleranter sein, wenn im Werk (z.B. Johannes, das große Evangelium, Bd. 8,Kap.26,7+11, Jakob Lorber) selber, an mehreren Stellen, intollerant gegenüber der

Trinität Gottes geurteilt wird und somit der Tiefe des Geheimnisses wohl nicht gerecht wird?

Weshalb belegt Herr Uhlmann dieses Vorurteil gegenüber Lorber nicht mit einer Seitenangabe oder gar mit einem klärenden Hinweis aus dem Lorber-Werk selber?

Welcher ‚Das Wort‘-Leser versteht das Schlagwort ‚Patripassianismus‘? Weshalb wird nicht zumindest kurz die lat. Bedeutung (‚der Vater hat gelitten‘) dargestellt?

Wenn die geistige Tiefe der Trinität verkannt und in Jesus der Vater gesehen wird, ist hier nicht nur die lorbersche Prophetie logisch zu Ende gedacht worden?

Weshalb soll Herr Rinnerthaler dies in unzulässiger Weise vereinfacht haben?

Weshalb wird kein unmittelbar drittes gewichtiges Vorurteil gegenüber Lorber genannt, sondern die Voreingenommenheit des Verfassers mit dem Satz: ‚Das zahlungswillige Fußvolk der Lorberfreunde‘ hervorgehoben?

Wenn Lorber das Ehrenamt einer Vormundschaft über Marie Hochegger erhalten haben soll, oder sie doch seine uneheliche Tochter war, weshalb lässt dies sein Biograf Karl Gottfried Ritter von Leitner (1800–1890) unerwähnt?

Wenn Gottfried Mayerhofer (1807–1877) auch nicht den 11. Band des großen Evangeliums Johannes ergänzend schrieb, setzte dieser nicht die Tradition der Neuoffenbarung mit seinen Werken fort? Weshalb wird verschwiegen, dass dabei auf die Anmerkung von dem Werk ‚Seher, Grübler, Enthusiasten‘ von Dr. Kurt Hutten (1901–1979) verwiesen wird?

In welcher anderen Arbeit las Herr Rainer Uhlmann diese falsche Behauptung, damit man dieser auch selber prüfend nachgehen kann?

Wie kann Herr Uhlmann aus Ur-Erzengel, welche im Abschnitt Geistige Urschöpfung der Dokumentation genannt werden, unzulässigerweise Urengel Gottes machen?

Weshalb wird bei der Erwähnung der Wiedereinkörperung vergessen, dass in diesem Zusammenhang auf das Geschriebene von dem Lorber-Biograf Herrn Eggenstein mit seinem Titel: ‚Der unbekannte Prophet Jakob Lorber verkündet ...‘ hingewiesen wird?

Ist der Vorwurf, dass Jesus nur gekommen sei, um das Hauptgebot der Gottes- und Nächstenliebe zu lehren, so weit von sich zu weisen, wenn im gesamten Lorber-Werk die Bedeutung der erlösenden Kraft des Kreuzes einen nur geringen Anteil ausmacht?

Wenn die ‚ewige‘ Verdammnis ein weiteres Vorurteil gegenüber dem Lorber-Werk ist, weshalb wird dann keine Seitenzahl angeführt? Kann man ohne Schriftüberführung auf polemische Behauptungen einiger Theologen überzeugend antworten? Oder begeben wir uns nicht damit auf das gleiche niedrige Niveau?

Gehört die Todesart Lorbers auch zu den erwähnenswerten Vorurteilen gegenüber dem Lorber-Werk? Worin besteht der geistige Sinn, wenn Lorber wahrscheinlich nicht an einer Lungenerkrankung, sondern eher an einer Blutung starb? Ist dies bei dem geringen Platz überhaupt einer Erwähnung wert?

Warum erklärt Herr Uhlmann nicht die Aussage, dass Jesus ‚keine besonders hohe Meinung vom Volk gehabt, zu dem er predigte‘, welche Herr Rinnerthaler aus dem Zusammenhang gerissen haben soll? Weshalb wird die Behauptung Uhlmanns, wie vielfach üblich, nicht konkret belegt?

Warum wird die diesbezügliche Anmerkung, die auf den Titel von Herrn Eggenstein verweist, nicht genannt?

Weshalb belegt Herr Uhlmann die so abwertend beurteilten naturwissenschaftlichen Vorerkenntnisse Lorbers nicht mit Seitenangabe? Gehört das Erkennen dieser Wirklichkeit auch zu den verkannten Vorurteilen gegenüber dem Lorber-Werk? Woran misst Herr Uhlmann den faszinierenden Wahrheitsgehalt des Charismatikers Lorbers, wenn nicht am Maßstab der Bibel oder heutiger naturwissenschaftlichen Erkenntnisse?

Kann eine anerkannte Dissertationsarbeit von der Salzburger Universität niveaulos bezeichnet werden? Ist nicht eher die ungenaue Recherche von Rinnerthalers Dokumentation und seiner Dissertation als niveaulos zu bezeichnen?

Las Herr Uhlmann selber die Dissertation von Rinnerthaler mit dem Thema: ‚Kommunikationsstruktur einer religiösen Sondergemeinschaft am Beispiel der Jakob-Lorber-Bewegung'? Wo ist diese als oberflächlich zu bezeichnen? Weshalb wird trotz ausgiebigem Literaturnachweis Herrn Rinnerthaler alles mühevolle und redliche abgesprochen?

Weshalb wird der Eindruck erweckt, dass man mit einer 21-seitigen Arbeit – korrekte Seitenzahl wird nicht gegannt – einen Doktor der Theologie erwerben kann? Wie kann Herr Uhlmann aus dem Doktoranden der Publizistik einen der Theologie machen? Ist diese Arbeit nicht kümmerlich? Weshalb fällt die Oberflächlichkeit den Wort-Heft-Lesern 1988 nicht auf? Bringt dies nicht ein weiteres selbstredendes Zeugnis auf die Kommunikationsstruktur der Lorber-Bewegung zu Tage?

Weshalb wird sachliche Kritik als eine Arbeit aufgefasst, welche im Geiste der Unfreiheit empfangen worden sein soll? Geht die fehlende Selbstkritik Lorbers auch auf seine Leser über?

Welcher Wort-Heft-Leser hat selber die Dissertation Rinnerthalers über die Kommunikationsstruktur oder die Dokumentation gelesen? Wie kann ich von etwas freiwerden, was ich gar nicht kenne?

Ist Herr Uhlmann sich der großen Verantwortung bewusst gewesen, dass aufgrund seiner kritischen Stellungnahme viele, gutgläubige Seelen sich nicht weiter die Mühe machen, diese Arbeiten selber zu prüfen?

Wird dadurch nicht das Bild der ‚unsachlichen' Theologie bzw. des ‚unsachlichen' Theologen geschürt, obwohl Herr Rinnerthaler gar kein Theologe ist?

Wird dadurch nicht der Eindruck vermittelt, dass man kirchlicherseits nur deshalb das Lorber-Werk ablehnt, weil man von falschen Vorurteilen ausgeht?

Weshalb finden Herr Uhlmann oder einer seiner Geschwister nicht den Mut, sachlich auf folgendes Zitat von Herrn Hutten (1901–1979) in der Zusammfassung der Dokumentation (S. 40) einzugehen?

„Aber wie immer man das Rätsel lösen will – man kann Lorbers Schriften nicht als ‚Offenbarung Christi' auf die gleiche Ebene stellen wie die Bibel. – Das bedeutet keine Verwerfung dieser Bücher, sondern ihre r i c h t i g e E i n s t u f u n g i m V e r h ä l t n i s z u r H e i - l i g e n S c h r i f t . Sie müssen sich von dorther auf ihre Wahrheit und Gültigkeit prüfen lassen. Wo Widersprüche bestehen, hat die Schrift recht und die ‚Neuoffenbarung' unrecht...“

Gedanken und Anfragen zu Mehnerts Dissertations-Kommentar

Titel der Dissertation

„Jesus Christus im Werk Jakob Lorbers. Untersuchungen zum Jesusbild und zur Christologie einer ‚Neuoffenbarung'.“ Andreas Fincke

Zeitschrift

‚Das Wort', Zeitschrift für ein vertieftes Christentum, Lorber-Verlag, 74321 Bietigheim-Bissingen, 1994, Heft 1, S. 19-28

Verfasser

Frank Mehnert, geb. 1965, studierte 1994 in Hamburg evangelische Theologie

Gedanken und Anfragen

Zu § 1: Die Neuoffenbarung sei ein neuer Liebesbrief Jesu an seine grö-ßer gewordenen Kinder. Gleich zu Beginn bekennt die Neuoffenbarung sich zur Schrift und Kirche und bezeugt in allen Teilen treulich, dass Jesus der Christus ist (1 Joh 2,22).

Die von Mehnert zitierte Schrift ‚Der Weg zur Wiedergeburt' gibt es nur noch in dem Buch: ‚Weg zur geistigen Wiedergeburt', wo diese Schrift allerdings nicht mehr zu Beginn steht, sondern auf Seite 88.

Neben Anerkennung der Bibel möge man sich nicht an der römischen Kirche mit seinen sieben heiligen Sakramenten stoßen. Herr Mehnert meint, dass in der oben zitierten Schrift Jesus als Christus bezeugt sei. Sein Schrifthinweis aus 1 Joh 2,22 ist dort jedoch nicht zu finden.

Ist die Reformation zur Wiederherstellung des biblischen und dennoch geisterfüllten Glaubens einer Verwirrung aufgesessen oder weshalb werden die sieben heiligen Sakramente ohne den Geist der Unterscheidung genannt?

Sakramente sind bei Lorber nur insoweit eingefasst, indem dem Abendmahl nur eine geringe Bedeutung zugeschrieben wird und die Taufe ohne eigenes Bemühen keinerlei Nutzen hat. In der Vorrede zur Empfangenen Neuoffenbarung soll man sich nicht an den 7 Sakramenten stoßen, doch im Werk selber wertet man diese erheblich ab oder bespricht sie gar nicht. Lorber ist insofern der kirchlichen Tradition treugeblieben, in dem er selber die letzte Ölung, nach Zögerung, empfing. Beim ‚Mysterium‘ der Trinität spricht Mehnert ‚vom Ziehen aller faulen Zähne‘. Scheint diese tendentiöse Kommentierung angebracht?

Zu § 2/3: Die Beanstandung in ‚Kindheit und Jugend Jesu‘ (JJ) bezüglich der Ignorierung der jüdischen Tradition von Jesus wird von Mehnert ‚mit einem zuviel des Guten‘ abgetan. Mehnert kommentiert weiter, dass man aus dem Herrn ‚keinen Jeschiwa-Musterknaben‘ machen soll. Für einen nicht studierten Theologen ist die Bedeutung von Jeschiwa nur schwer nachzuvollziehen. Oder möge dies etwa von dem leichtfertigen Aussprechen des Namens Jehova ablenken, was kirchenhistorisch wohl eine Unmöglichkeit ist? Selbst benutzt Herr Mehnert anschließend die damals gängige Bezeichnung für ‚den Herrn‘ JHWH.

Straf- und Tötungswunder sind für das Neue Testament (NT) weitgehenst unbiblisch (vgl. Mt 10,14; Mk 11,12-14+20; Apg 13,11;8, 20+24; Offb 11,5;1 Kor 5,1-5). Wenn der Herr gemäß neutestamentarischen Evangelien an Weisheit zunahm, so muss folglich auch die Heiligkeit zugenommen haben. Warum tötet dann der Herr als Dreißigjähriger mit zugenommener Heiligkeit gemäß dem Neuen Testament nicht?

Gewiss weiß der Herr Mittel, um eine Seele vor längerem Schaden zu bewahren, indem er sie aus dem Körper vorzeitig abruft. Der Ernst und Eifer im Tempel darf wohl nicht als Rechtfertigung genommen werden, dass der wiederholt tötende Jesusknabe das rechte Jesusbild sei. Nur heidnische Gottheiten demonstrieren ihre Macht mit Tötungswunder, aber nicht der eine Gott in Jesus Christus. Wie kann Herr Mehnert den tötenden Jesusknaben in JJ als ein ‚israelisches Zeugnis aus Schrot und Korn‘ kommentieren?

Die Forderung, dass das Prophetenwort der Neuoffenbarung aus dem 19. Jahhundert völlig in das Übersetzungsvokabular der Bibel aufzugehen hat, sei ein ‚magisches Missverständnis‘. Ist es nicht vielmehr ein rein sachliches Missverständnis, wenn man den Mystiker Lorber zum Propheten erhebt?

Zu § 4: Zur problematischen Vorstellung, dass Jesus sich selbst als Jahwe und den Messias bezeichnet haben soll, was dem NT widerspricht, kommentiert Mehnert so, dass wir nur mutig hineinspringen sollen in die ‚Widersprüche‘ und sehen wollen, was übrigbleibt.

Die ‚Mittler‘-Problematik steht in der Mittlerbegründung, dass der Mensch faul und träge sei. Die Mittleraufgabe sei es, über Aufklärung diese Tatsache den Menschen davon zu befreien bzw. zu erlösen. Dabei ist die tiefe Kluft zwischen Schöpfer und Geschöpf, was die Sünde verursachte, wohl verkannt.

Um vom unbiblischen Schauwunder abzulenken, werden Heilungswunder verknüpfend dargestellt. Entspricht in dem Zusammenhang, den Herrn ‚nicht als fiktiven Supermann‘ im ‚Johannes, das große Evangelium‘ (GrEv) stehen zu lassen, tatsächlich einer sachlichen Kommentierung? Gerade über die Schauwunder im GrEv werden Hunderte der Willensfreiheit beraubt, so dass selbst die verstocktesten Pharisäer aufgrund dessen ihn als Messias anerkennen. Somit widerspricht die Neuoffenbarung bzw. Herr Mehnert sich selbst, denn die Erkenntnis der Person Jesu aus freier Liebe zu erkennen, ist durch Schauwunder, wo aus einer tatsächlichen armseligen Hütte ein Palast wird, wohl nicht mehr gegeben.

Wenn den Jüngern vor Ostern schon wirklich so ganz klar gewesen wäre, dass Jesus tatsächlich der verheißene Messias war, weshalb trauerten, fürchteten und zweifelten sie nach der Kreuzigung, wenn er doch wieder, wie mehrfach gesagt, auferstehen würde? Gewiss hatte Jesus über seinen schweren Auftrag Klarheit, doch war er auch ganz Mensch mit einem mitfühlenden, hoffenden und auch weinenden Herzen. Die Kirche, das Volk Gottes, hat zu allen Zeiten an den gegenwärtigen, auferstandenen Herrn Jesus geglaubt. Ist die Kommentierung von Herrn Mehnert angebracht, ‚wenn der gute alte 335-Seiten-Christus plötzlich nicht mehr stille hält zwischen den Buchdeckeln?!'

Wird nicht gerade hier die Neuoffenbarung über die Bibel gestellt und die ‚Heilige Schrift' bzw. das NT der Christen abgewertet bzw. als ergänzungsbedürftig dargestellt?

Zu § 5: Beim Weinwunder mussten die Diener erst das tun, was Jesus ihnen sagte. Somit vertrauten und glaubten sie ihm, und erst dann geschah das Wunder. Jesus war gewiss im NT ärmlich und nannte keinen Stein sein eigen, auf den er sein Haupt legen konnte. Bei der Flucht nach Ägypten suchten seine Eltern bittend um Aufnahme, nicht aber, dass ihnen ein großes Anwesen und Freischutz durch einen römischen Freund gewährt wurde. Die Heilige Familie bat um Asyl. Unbiblisch ist wohl die Darstellung, dass sie allen Armen materiell geholfen habe. Wohl hat Jesus auch begüternde Freunde wie Lazarus, Nikodemus und Josef von Arimathea, doch lebte er in keinem verschwenderischen Reichtum und demonstrierte seine Göttlichkeit nicht durch richtende Schauwunder, wo plötzlich ganze Landstriche sich veränderten. Vielmehr lehrte er mit Vollmacht, und in seiner Gegenwart wurde den Menschen ihre Sündhaftigkeit bewusst. Obwohl er der König der

Könige ist, entzog er sich ihnen stets, wenn sie ihn zum König machen wollten. Sein Reich und Königtum ist nicht von dieser Welt. Die Größe der Jünger bestand gerade darin, dass sie alles verließen und lediglich liebend dienend dem Herrn Jesus wegen seiner selbst bzw. wegen des Geschenkes der absoluten Gnade und Sündenvergebung von Gott folgten. Nicht aber, weil nun die armen und unstudierten Fischer im irdischen Reichtum, bedingt durch römische Freunde Jesu, leben konnten. Der Herr war gehorsam bis in den Tod und schenkte seine vergebende Liebe allen Menschen. Wo der Herr einzieht, ist geistiger Reichtum in Fülle. Im NT werden wir zur Nachfolge Christi aufgerufen und der reiche Jüngling geht beschämend weg, da er sich nicht von seinem Reichtum trennen kann. Jesus wurde arm in einer Krippe geboren und starb verachtet zwischen zwei Verbrechern am Kreuz.

Wirkt die Frage von Mehnert nicht wie ein Hohn, ‚wo der Herr jemals knauserig war‘?

Gott ist in Jesus ins Fleisch gekommen und hat als Mensch unsäglich gelitten, gekämpft und gehofft. Entspricht nicht der tötende Wunderknabe wie Jesus-Darstellungen im Reichtum lediglich ‚sentimentalen Wunschvorstellungen‘ eines Herrn Mehnert?

Es geht hier keinesfalls darum, die Güte Gottes kleiner zu machen, sondern den Herrn Jesus bibelgetreu und dennoch geisterfüllt den Menschen zu vermitteln.

Gegenüber reichen Jesus-Darstellungen, wie auch im Gesamtwerk überhaupt, wird das Kreuz und seine zentrale Bedeutung verschwindend gering erwähnt.

Zu § 6/7: Einige protestantische Theologen könnten das Johannes-Evangelium nicht annehmen, da darin Jesus als Gott nur unnahbar und erhaben ist und gnostische Lehren verbreite. Das gleiche träfe jetzt auch auf das GrEv zu, wo uns ein irriges ‚Jesusbild‘ ohne ‚jedes echten Gefühls‘ vermittelt wird. Wir müssen das GrEv nach dem Buchstaben, dem Äußeren, beurteilen, da der enorme Anspruch damit verbunden wird. Die Bibel ist der Maßstab für das rechte Jesusbild. Der Herr musste auch am Jakobsbrunnen ausruhen, hatte stets Mitleid mit den Menschen und weinte beim Tod des Lazarus. Wie kann ein ‚gefühlloses Jesusbild‘ in uns Liebe und Glauben zum Herrn erwecken? Durch das Leben Jesu und auf Golgatha ist die Erlösung für alle endgültig vollbracht worden. Wie kann das Verständnis der Erlösung im GrEv sich tatsächlich, wenn auch mit Einschränkung, von dem in NT unterscheiden, wenn der Geist Gottes sich nicht widerspricht?

Der Glaube kommt aus der Predigt und diese aus dem Wort Gottes. Eine verkannte Rechtfertigungslehre aus dem Glauben, wo die Willensfreiheit betont wird, möge wohl als Rechtfertigung gelten, dass der Mensch am Heil mitzuwirken hat (Synergismus). Es kommt auf den gegenwärtigen Herrn an, der in unser Herz kommen möchte, wenn wir es nur wollen.

Es ging bei der Dissertation von Herrn Fincke um das uns vermittelte Jesusbild in JJ und dem GrEv. Wie mögen theologische ‚Laien‘ dann auch noch den Gesamtbau des Werkes im Hintergrund behalten? Wie ist der Widerspruch zu erklären, dass der Herr aus Vorsicht sich im Gewand der Lehre kleidete und dennoch zahlreiche Geschenk- und Schauwunder wirkte? Mit der Nachfolge Christi verachtet man wohl nicht die Lehre, den Rock, sondern befolgt sie schon. Heute ist Andreas Fincke Dr. theol., Pfarrer, ‚Evangelische Zentralstelle für Weltanschauungsfragen‘ (EZW)-Referent für christliche Sondergemeinschaften.

Gedanken zur Rezension von Dipl.-Theologe Frank Mehnert

Titel des Buches

„Lorber-Bewegung – durch Jenseitswissen zum Heil?" Matthias Pöhlmann

Zeitschrift

‚Geistiges Leben', Lorber-Gesellschaft e.V., 83731 Hausham, 1994, Heft 4, S. 29-37

Verfasser

Dipl.-Theologe Frank Mehnert, geb. 1965, verheiratet, Physikstudium, durch Lorberbücher zum Herrn Jesus gefunden, Theologiestudium, arbeitet heute als Lehrer für Physik und Religion in einem Hamburger Gymnasium

Gedanken

Der Autor Pöhlmann weist sachlich auf die kritischen Töne in den früheren Auflagen des Standardwerkes: ‚Seher, Grübler, Enthusiasten' von dem Theologen Dr. Kurt Hutten (1901–1979) hin. Hutten war Kirchenrat und langjähriger Leiter der ‚Evangelischen Zentralstelle für Weltanschauungsfragen' (EZW), dessen ausgewogene Zeitschrift ‚Materialdienst' es auch noch heute gibt. Er bemerkt, dass zu wenig auf zentrale Inhalte christlicher Theologie (Kreuz und Auferstehung Jesu Christi; der biblische Gottesbegriff) eingegangen wurde. Er wirft die grundsätzliche Frage auf, inwieweit das Wirken des Heiligen Geistes auf Enthüllungen göttlicher Geheimnisse reduziert werden kann (S. 24). Inwieweit die jahrzehntelange Auseinandersetzung des Herrn Hutten mit den kritischen Anfragen des jungen Herrn Pöhlmann (geboren 1963) sachlich sei, möge jeder Freund der Neuoffenbarung durch eigenständiges Lesen selber beurteilen. Herr Pöhlmann ist heute Dr. theol., Pfarrer, EZW-Referat für Esoterik, Okkultismus, Spiritismus.

Bezüglich dem Phänomen der ‚Inneren Stimme' im II. Kapitel verweist der Autor nicht allein auf ‚humanwissenschaftliche Erklärungen', sondern geht in dem Deutungsversuch Jakob Lorbers mit folgenden

Unterkapiteln sachlich nach: a) Die Behauptung: Medium, Prophet, Neuoffenbarer; b) Psychologische Interpretation; c) Theologische Stimmen; d) Versuch einer Beurteilung.

Im III. Kapitel, auf den Seiten 41-45, setzt sich der Autor Pöhlmann mit kritischen Anfragen aus biblischer Sicht mit dem Werk auseinander, wobei auch gnostisches Gedankengut aufgezeigt wird, so dass jeder angeregt wird, selbständig das Werk beurteilen zu können.

Die Neuoffenbarung geht über das reformatorische Prinzip allein das Wort der Bibel hinaus, weshalb sie stets am Maßstab der Bibel gemessen werden muss. Um das Werk nicht einfach unkritsch anzunehmen, weist Pöhlmann auf diesen oft unterschätzten Sachverhalt hin und wird damit der seelsorgerlichen Verantwortung gerecht (S. 131).

Der Dipl.-Theologe Mehnert möchte das Wenige, was das Buch an echter Sorge über Lorber und die Neuoffenbarungs-Freunde vermittelt, ausführlich mitteilen. Anstatt nun darauf ernste Fakten kommen, wird nur mit einem Vorwurf aufgewartet, dem man immer wieder begegnet. Indem man durch das Wort bzw. dem Geist der Bibel überführt wird, versuchen Lorberfreunde mit dem Licht der Neuoffenbarung zu sehen, anstatt zu glauben. Wo bleibt hier die sachliche Arbeit einer Rezension? Über die Lorber-Bewegung werden nur unwesentliche Mutmaßungen aufgezählt, die keiner sachlichen Auseinandersetzung gerecht wird. Andererseits zeigt das Buch die stillen Eiferer auf, so dass es ihnen einen unschätzbaren Dienst erweist. Doch auch hier fehlen konkrete Angaben wie z.B. über die Förderung des Buches von Herrn Wilhelm Kirschgässer (Redereidirektor a.D.), Pseudonym Kurt Eggenstein: ‚Der Prophet Jakob Lorber verkündet bevorstehende Katastrophen und das wahre Christentum‘. Der ‚Prophet‘ ist zwar werbewirksam, doch in der Biografie Lorbers von Karl Gottfried Ritter von Leitner steht nur vom steiermärkischen Theosophen.

Wie kann am Schluss der Rezension vom ‚Druckteufelchen‘ die Rede sein, wenn Herr Mehnert diesen in mehrfacher Hinsicht selber verursachte? Er macht die Neuoffenbarungs-Freunde mit gar keinem Hinweis auf das ‚Druckteufelchen' aufmerksam. Vielmehr macht Herr Mehnert – bewusst oder unbewusst – aus dem Wort Kreise ein Kreisen. Er lässt dafür den ersten Satz wie auch den Namen des geschriebenen Kommentars auf der 4. Umschlagsseite (nicht Buchrücken) weg. Der fehlende Satz lautet: ‚Eine souverän und mit großer Sachkenntnis geschriebene Arbeit.' Der fehlende Name ist Andreas Fincke, den er aus seinem Dissertations-Kommentar im Jahr 1994 kennt. Wo bleibt die nüchterne Wachsamkeit der Neuoffenbarungs-Freunde, wenn meines Wissens bis heute weder im ‚Geistigen Leben' noch im ‚Das Wort' ein Leserbrief oder ein korrigierender Nachtrag darauf gefolgt ist?

Herr Mehnert schreibt einerseits, dass jede Seite der Bibel von Privatoffenbarungen zeuge, andererseits aber evangelische Theologen ihre Berührungsängste von Privat- und Neuoffenbarungen verlieren müssten. Wem mangelt es hier an einem differenzierten Verständnis für die mystische Gabe des Heiligen Geistes? Möge das wertvolle Buch jeden ermutigen, mit Hilfe unseres Herrn sich nüchtern-sachlich mit der Neuoffenbarung auseinanderzusetzen.

V Rezensions-Dokumente

Seher, Grübler, Enthusiasten – Zum Buch von Kurt Hutten über Sekten und religiöse Sondergemeinschaften der Gegenwart

Man kann Kurt Hutten, dem bekannten Apologeten der Württembergischen Landeskirche, nur dankbar sein für sein neuestes Buch, in dem er die wichtigsten Sekten und religiösen Sondergemeinschaften der Gegenwart einer, in den meisten Fällen eingehenden Betrachtung und Kritik unterzieht. Sind doch die Werke des Dekans Scheurlen, das „Kleine Sektenbüchlein" und „Sekten der Gegenwart", durch das welthistorische Geschehen der letzten anderthalb Jahrzehnte veraltet und in vielem überholt. Außerdem hat sich – und das war für Hutten ein weiterer Grund, dieses Buch zu schreiben – in dieser Zeit und durch die Ereignisse die Haltung der Kirche den Sekten und religiösen Sondergemeinschaften gegenüber grundlegend geändert. Die Kirche hat die Notwendigkeit und Verpflichtung erkannt – man könnte auch sagen, mehr oder weniger schwere Fehler der Vergangenheit, die für die Kirche nicht ohne Folgen geblieben sind, haben sie zu dieser Erkenntnis gebracht –, nach dem Warum der Existenz der Sekten und religiösen Sondergemeinschaften zu fragen, aus dem Warum für sich bestimmte Konsequenzen zu ziehen und das, was sie aus deren Gedankengut anerkennen kann, auch wirklich anzuerkennen und nach Möglichkeit zur Ergänzung bezw. Regenerierung des eigenen Inhaltes zu benutzen. Daß Hutten die Lehren bezw. das Gedankengut der einzelnen Gemeinschaften von seinem Standpunkt, d. h. von der Luther-Botschaft von der Rechtfertigung durch den Glauben her betrachtet, kann man ihm nicht verübeln, nur muß sich der Leser immer wieder daran erinnern, daß es so ist. Daran ändert auch nichts die Tatsache, daß der Verfasser sich bemüht, den einzelnen Gemeinschaften und ihrem Gedankengut gerecht zu werden.

Hutten faßt immer je zwei oder drei Gemeinschaften, von denen er meint, daß ihr Lehrgut thematisch zusammenpaßt oder sich ähnelt, unter einem bestimmten Leitmotiv zusammen. So Jehovas Zeugen und Die Kirchen des Reiches Gottes unter „Im Bannkreis des tausendjährigen Reiches", Die Katholisch-Apostolischen Gemeinden und Die Siebenten-Tags-Adventisten unter „Der Bräutigam verzog", Die christliche Wissenschaft und Die Bahai-Religion unter „Der Ruf nach Heilung", Die Christengemeinschaft, Die Neusalems-Gesellschaft und Die Kirche Jesu Christi der Heiligen der letzten Tage unter „Die Geheimnisse hinter dem Vorhang", Die Heiligungsbewegung, Die Pfingstbewegung und Entrückungslehre und Brautgemeinde unter „Der Schritt über die Rechtfertigung hinaus" und schließlich Die neuapostolische Gemeinde. Die evangelisch-johannische Kirche, Die Nazarener, Die Gralsbewegung, Hirt und Herde und Father Divines Friedensmission unter „Die Sehnsucht nach Geborgenheit".

Es ist nicht möglich, zur Betrachtung der einzelnen Gemeinschaften und ihres Gedankengutes im einzelnen etwas zu sagen. Notwendig aber erscheint es mir, das, was Hutten in dem Abschnitt „Die Neusalems-Gesellschaft" zum Inhalt der Schriften Jakob Lorbers, also der Neuoffenbarung, an kritischen Gedanken niedergeschrieben hat, in einigen wesentlichen Punkten zu erläutern bzw. richtig zu stellen.

Die Überschrift „Neusalems-Gesellschaft" des Kapitels, das der Neuoffenbarung gewidmet ist – es ist übrigens das umfangreichste Kapitel des ganzen Buches – ist irreführend. Die Neusalems-Gesellschaft, die seit einigen Jahren Lorber-Gesellschaft e.V. heißt, ist weder eine Sekte noch eine religiöse Sondergemeinschaft, sondern lediglich ein eingetragener Verein mit dem Sitz in Bietigheim/Württemberg, der die Aufgabe hat, die Schriften Jakob Lorbers zu verbreiten. Die Christen, die sich zur Neuoffenbarung bekennen, sind als solche nicht organisiert, sondern gehören den Konfessionen oder

Gemeinschaften an, denen sie seit je angehört haben, i n d e r R e-
g e l der protestantischen Kirche. Indem sie sich zur Neuoffenbarung
bekennen, bekennen sie sich gleichzeitig zur Bibel und dokumentieren
dadurch, daß die Schriften Jakob Lorbers die Bibel keineswegs ersetzen oder verdrängen sollen, sondern, wie Lorber selbst einmal formuliert hat, die „Enthüllung des Evangeliums" sind. Es wäre also zu wünschen, wenn Hutten bei einer evtl. Neuauflage die Kapitelüberschrift
„Neusalems-Gesellschaft" in „Neuoffenbarung" ändern würde.

In den Abschnitten „Luzifers Fall und Erlösung" versucht Hutten, einen
Überblick über das Gedankengut der Lorberschriften zu geben. Er hat
erfreulicherweise eine recht gute kurze Zusammenfassung des gewaltigen Werkes der Neuoffenbarung gegeben. Doch sagt er selbst, daß
seine Darstellung ein bescheidener Auszug ist aus einem überquellenden Reichtum von Fragen und Antworten. Um das 25-bändige Werk
des Grazer Mystikers zu studieren und erschöpfend zu erläutern und
darzustellen, dazu gehört, das darf ich wohl ohne Übertreibung sagen,
ein Menschenleben.

Hutten erwähnt am Anfang seiner Darstellung, daß Lorber, um sein
„mächtiges Verlangen nach tieferem Eindringen in die Geheimnisse der
Schöpfung" zu befriedigen, mit Vorliebe Werke von Swedenborg,
Jung-Stilling, Jakob Böhme und Justinus Kerner gelesen hat. Nun, wir
wissen aus der Biographie von Leitner, daß diese Lektüre sich nur auf
einzelne Schriften der erwähnten Autoren beschränkte; und aus einer
Bemerkung von Lorbers Freund Cantily wissen wir, daß dieser bei der
Ordnung des Nachlasses des verstorbenen Lorber die meisten der
Schriften Swedenborgs unaufgeschnitten vorgefunden hat. Dies zu wissen ist wichtig für die Beantwortung der Frage, wie die Diktate der inneren Stimme zustande gekommen sind. Scheurlen hatte hier einfach
und klar festgestellt: es bleibt ein letztes Geheimnis. Hutten schreibt,
Lorber sei davon überzeugt gewesen, daß er Offenbarungen empfange,
und sagt wörtlich: „Eine Prüfung seiner Schriften ergibt aber zwingend,
daß er sich mit dieser Deutung täuschte. Diese Diktate müssen auf

einem anderen Weg zustande gekommen sein. Unsere moderne Psychologie hat in der Erforschung der Werkstätten in der Tiefe der Seele, die dem wachen Bewußtsein völlig verborgen sind, wichtige Erkenntnisse gewonnen. Sie hat festgestellt, daß in diesen Tiefen Seelenkräfte am Werk sind, die sich der Kontrolle des Bewußtseins entziehen, ja, die ihrerseits die dünne Schicht des bewußten Denkens und Wollens bestimmen. Und es können diese Tiefenkräfte mit einer so elementaren Gewalt in die Bewußtseinsschicht einbrechen, daß der Mensch sie wie eine fremde Macht empfindet, der er ausgeliefert ist. Ein solches Geschehnis dürfte auch den Diktaten Lorbers zugrunde liegen." Nun, ich kann mich des Eindrucks nicht erwehren, daß dieser Erklärungsversuch Huttens mehr als geheimnisvoll ist, und daß Hutten selbst seiner Sache nicht ganz sicher ist. Wer im übrigen die „Jugend Jesu", den Laodizener-Brief und den Briefwechsel Jesu gelesen hat, der weiß, daß der Inhalt dieser Schriften in keiner noch so geheimnisvollen Werkstatt in der Tiefe der Seele Lorbers geschlummert und eines Tages mit elementarer Kraft durchgebrochen sein kann. Nein, diese Schriften sind Lorber durch die innere Stimme diktiert worden, genau so wie ein Johannes die Geheime Offenbarung und eine Mechthild von Magdeburg ihr Buch „Das fließende Licht der Gottheit" durch die innere Stimme empfangen haben. Was aber für die eben genannten drei Schriften Lorbers gilt, das gilt auch für alle anderen Bücher der Neuoffenbarung. Diese Erscheinungen gehören nicht zum Forschungsbereich der Parapsychologie.

Ich sagte bereits, daß es schwer ist, ein so gewaltiges Werk wie die Neuoffenbarung in einer kurzen Übersicht zusammenzufassen. Der Verfasser gibt dies selbst zu, wenn er von seiner Darstellung spricht als einem bescheidenen Auszug aus einem überquellenden Reichtum von Fragen und Antworten. Jede noch so umfangreiche Erläuterung des gewaltigen Gedankengutes der Neuoffenbarung kann letztlich nur Stückwerk sein. Es bleiben immer wieder Fragen offen. Doch auf drei Fragen, die Hutten als Löcher empfindet und die er in dem Abschnitt

„Offenbarung oder was sonst?" stellt, will ich versuchen, eine Antwort zu geben:

1. „Woher nimmt der Mensch, dieses winzige Geistessplitterchen auf dem lächerlichen Stäublein Erde in der linken kleinen Zehe der Hülsenglobe „Milchstraße", die ihrerseits nur eine winzige Zelle Luzifers ist, überhaupt den Grund und Mut, sich eine auch nur nennenswerte Wichtigkeit im Rahmen der Kollektiv-Erlösung Luzifers zuzuerkennen? Ein Wesen zu sein, um das Gott sich kümmert und um dessentwillen er Fleisch wird, ans Kreuz geht? Ist er nicht eine Null? Hat die Frage nach seiner Erlösung überhaupt noch einen ernsthaften Sinn?"

Antwort: Als Wohnsitz Satans ist unsere Erde das im Geiste von Gott Allerentfernteste (Also die untere linke Zehe im großen Schöpfungsmenschen). Doch durch den göttlichen Geist im Herzen der Seele des Menschen bildet sie das „Herzens-Lebenskämmerlein" des ganzen Schöpfungsmenschen. Die anderen Weltkörper mit ihren Menschen verhalten sich zu uns wie die anderen Leibes- und Seelenteile zum Herzen. Der wiedergeborene Mensch soll ein lebendiges Wort Gottes werden und den ganzen großen Schöpfungsmenschen in allen seinen Teilen durchdringen. –

Ich darf an dieser Stelle gleich einschalten, daß Huttens Behauptung (Seite 170), dem „Großen Schöpfungsmenschen" Lorbers entspricht der „Große Mensch" bei Swedenborg, nicht richtig ist, und verweise auf meine ausführliche Darlegung „Der große Schöpfungsmensch bei Emanuel Swedenborg und Jakob Lorber" im Heft 8/9 dieser Zeitschrift.

2. „Wenn die Seele des Menschen aus einem beratenden Liebesfunken und unzähligen mehr oder weniger geförderten Urlebensfunken zusammengesetzt ist, die in einer Art „Parlament" über den Kurs des Ganzen entscheiden – welcher von diesen Urlebensfunken ist nun eigentlich das Ich? Wer trägt die Verantwortung?"

Antwort: Zunächst muß ich hier noch einen Satz zitieren, den Hutten in dem Abschnitt „Luzifers Fall und Erlösung" im Zusammenhang mit der Bildung der Zentralsonnen 3. Ranges, der Planetarsonnen, Planeten,

Kometen und Monde so formuliert: „Alle diese Weltkörper sind also in Wahrheit Vereinigungen von Geistern, die der Eigenliebe untertan sind."

Diese Geister sammeln die ihnen entsprechenden, aus der Materie sich loslösenden Urlebensfunken und bilden nach ihrer Läuterung und Festigung durch die drei Naturreiche die Menschenseele. Die Urlebensfunken sind die Veranlagungen, Neigungen und Triebe der Seele, die ein mit Luzifer gefallener, geschaffener Geist ist oder ein verlorener Sohn im Kleinen. Dieser geschaffene Geist oder die Seele bekommt auf dieser Erde als dem Wohnsitz Satans, also der schwierigsten Lebensgrundlage in der ganzen Schöpfung, zur Stärkung einen ungeschaffenen Geist aus Gott, während die Menschen auf den anderen Sternen Geister aus den Engeln bekommen. Dadurch können die Menschen dieser Erde in alle Himmel sich erheben, aber auch in die tiefste Hölle fallen und sind nach ihrer Vollendung wirkliche Kinder Gottes. Sie sind also vor Gott keine Nullen oder Nichtse, sondern die Krone der Schöpfung.

3. „Wenn das Schicksal der Seele nach dem Tod im Jenseits, auf anderen Sternen oder in Luftregionen weiterverläuft und seiner Erfüllung zustrebt – welchen Raum hat dann noch eine Wiederkunft Christi auf dieser Erde, ein Tausendjähriges Reich und darnach die Schaffung einer neuen, paradiesischen Erde?"

Antwort: Die Wiederkunft Christi hat mit der Weiterentwicklung der Seelen im Jenseits, die meist ein sehr langwieriger Prozeß ist, nichts zu tun; sie ist vielmehr der Abschluß Seines großen Erlösungswerkes, das vor bald 2000 Jahren begonnen. Die Menschheit ist reif geworden, so und so, in der Erkenntnis des Guten wie des Bösen. Es geht nun ein großer 6000-jähriger Schöpfungstag seinem Sabbat zu, und zwar ist es der einzige und größte vor und nach ihm, indem in ihm der Schöpfer Selbst das Fleisch der Menschen angenommen hatte und dem verlorenen Sohn als sichtbarer Vater entgegenkam. Nun erwartet Er, daß auch der Sohn Ihm in freier Liebe entgegenkommt, oder die Menschenseele sich mit dem Gottesgeist oder Jesusgeist in ihr als Seine Braut vereint, daß Er in Sein Eigentum kommen kann und die Seinen ihn aufnehmen.

Es ließen sich noch viele Behauptungen Huttens durch Originalstellen aus dem großen Evangelium Johannis widerlegen, z.B. seine Feststellung, die Gottesauffassung der Neuoffenbarung sei im Grund die deistische Gottesauffassung der Aufklärung; dann seine Feststellung, das, was die Heilige Schrift über die Sünde sagt, werde in den Schriften Lorbers verflacht. Das alles würde jedoch im Rahmen dieser Zeilen zu weit führen, und ich muß es dem Leser überlassen, sich anhand der Originalschriften Jakob Lorbers selbst ein Bild davon zu machen, was in der Huttenschen Darstellung richtig oder falsch ist.

Hutten stößt sich vor allem an dem Stil der Lorberschriften. Von der Bibel sagt er, dort sei alles so klar ... Nun, dem kann man gleich entgegenhalten, daß in der Lutherschen Bibelübersetzung vieles so „klar", ja bekanntlich manches so wenig klar übersetzt ist, daß die Bibelübersetzung eines Menge, eines Pfäfflin usw. notwendig wurden. Von den Schriften der Neuoffenbarung sagt Hutten, ihr Stil sei „sehr weitschweifig, wortreich, ermüdend; lange Satzperioden und süßliche Redensarten ..; die Worte Jesu in der Schrift atmen bei aller Schlichtheit die Würde und Hoheit des Herrn. Diese Würde fehlt in der „Neuoffenbarung"." Auch hier kann man gleich entgegnen: die Zahl der Leser und Anhänger der Schriften Jakob Lorbers steigt, ich darf fast sagen täglich; zu ihnen gehören auch Pfarrer der protestantischen Kirche. Noch niemand aber hat, seitdem die Schriften der Neuoffenbarung gedruckt vorliegen, erklärt, ihre Sprache sei ohne Würde. Die Weitschweifigkeit und hie und da lange Satzperioden sind eine Eigenart Jakob Lorbers. Es dürfte Hutten bekannt sein, daß es keine verbale Inspiration gibt, sondern daß alle Niederschriften, die durch das innere Wort zustande gekommen sind, stets die sprachlichen Eigenarten des Schreibers an sich tragen. Die Offenbarungen einer Mechthild von Magdeburg sehen sprachlich anders aus als die einer Katharina von Siene, die durch das innere Wort empfangenen Diktate eines Tennhardt oder eines Superintendenten Petersen lesen sich anders als die eines Jakob Lorbers.

Der schwerste Vorwurf, den Hutten den Schriften der Neuoffenbarung machen konnte, ist der, sie seien ein Produkt der Aufklärung. Im gleichen Atem erklärt Hutten, Lorber habe stark unter dem Einfluß Swedenborgs gestanden, was viele Parallelen in den Schriften beider beweisen würden. Nun wissen wir aber, und Hutten wird dies sicherlich auch bekannt sein, daß gerade Swedenborg es gewagt hat, der Aufklärungsphilosophie, die den Gottesgedanken rationalisiert hatte, eine neue Lehre entgegenzustellen: der Mensch ist Mensch, weil Gott Mensch ist, und weil Gott den Menschen nach dem Bild seiner Menschheit geschaffen hat (Vgl. die Swedenborg-Biographie des Marburger Kirchenhistorikers Ernst Benz). Swedenborg hat also die Aufklärung durch seine neue Lehre überwunden. Was ist nun richtig: ist die Neuoffenbarung ein Produkt der Aufklärung, oder ist Jakob Lorber stark von Swedenborg beeinflußt? Beide Behauptungen sind nicht richtig! Die Schriften Lorbers sind keine Schriften der Aufklärung; um das festzustellen, braucht man nur die unten abgedruckte Vorrede des Herrn aus dem 1. Band der Haushaltung Gottes nachzulesen. Und um unter dem Einfluß Swedenborgs stehen zu können, hätte Lorber ein ausgesprochenes Studium der Schriften des nordischen Sehers treiben müssen. Daß dies nicht der Fall war, wissen wir aus der Lorberbiographie des Karl Gottfried Ritter von Leitner.

Ich komme zum Schluß noch einmal auf den Versuch Huttens zurück, die von Jakob Lorber empfangenen Diktate zu erklären. Hutten spricht von der modernen Psychologie, die festgestellt habe, daß in den Tiefen der Seele Kräfte am Werk sind, die sich der Kontrolle des Bewußtseins entziehen. Er sagt dann wörtlich: „Und es können diese Tiefenkräfte mit einer so elementaren Gewalt in die Bewußtseinsschicht einbrechen, daß der Mensch sie wie eine fremde Macht empfindet, der er ausgeliefert ist." Es gibt darüber keinen Zweifel: als Jakob Lorber am 15. März 1840 frühmorgens um 6 Uhr zum ersten Mal die innere Stimme vernahm, die zu ihm sprach: „Stehe auf, nimm deinen Griffel und schreibe!", da hat er weder in diesem Augenblick noch später irgendwann einmal diese Stimme wie eine Macht empfunden, der er ausgeliefert war. Im Gegenteil: Jakob Lorber war sich stets seines Auftrags von oben voll bewußt und hat sich immer in Jesu Armen geborgen gefühlt. Und wenn wir uns nun fragen, ob Lorber ein Seher, Grübler oder Enthusiast gewesen ist, dann kann die Antwort nur lauten: der Grazer Mystiker, der nachweislich auch Visionen gehabt hat, war ein Seher von wahrhaft charismatischer Begabung.

Im Vorwort zu seinem Buch spricht Pfarrer Hutten von den Informationen, die „eine Reihe unterrichteter Vertreter der einzelnen Gemeinschaften" ihm über das Gedankengut bzw. die Lehre ihrer Gemeinschaft gegeben haben. Ich würde es sehr begrüßen, wenn für eine eventuelle Neuauflage seines Werkes er auch uns Gelegenheit gäbe, im persönlichen Gespräch über den Inhalt der Schriften Jakob Lorbers ihm die Möglichkeit zu bieten, in vielen Punkten doch zu einem anderen Ergebnis zu kommen, als es in der ersten Auflage seines sonst wertvollen Buches vorliegt.

Josef Mahlberg

Dokumentennachweis: Zeitschrift ‚Das Wort', Lorber-Verlag, Bietigheim/Württemberg, 1950, Heft 10, S. 264-269

Kritische Stellungnahme zu einer in Österreich erschienenen Dissertation eines Reinhard Rinnerthaler über das prophetische Werk Jakob Lorbers, Dr. Rainer Uhlmann

Vor mir liegt der Teil einer Dissertation eines österreichischen Doktoranden für Theologie mit dem Titel „Der steirische Privatprophet Jakob Lorber. Sein Schrifttum, dessen Verbreitung und seine

Anhänger". Nach Lektüre dieser Arbeit ist dem Verfasser dieses Beitrages noch klarer geworden, woher eigentlich die merkwürdigen Vorurteile über das von uns so geschätzte Lorberwerk stammen. Man kann das anhand dieser oben erwähnten Dissertation beispielhaft verfolgen. Durchweg haben sich die Kritiker nicht die notwenidge Zeit genommen, dieses sicher etwas schwer zugängliche Werke intensiv durchzuarbeiten, man hat dann mehr über Lorber, als in dessen Original-Schriftum gelesen. In diesem Falle kommen die Fehlurteile aus dem kirchlich katholischen Bereich.

Soweit die Situation eines solchen Doktoranden überschaubar ist, muß dieser, um seinen Doktor theol. zu erhalten, von Voruteilen ausgehen, und notwendigerweise zu einem negativen Ergebnis kommen. Man stelle sich vor, er hätte in verbindlicher Art einen Ausgleich gesucht, was er dann mit einer solchen Arbeit erreichen würde. Schon von dieser Ausgangssituation her kann in einer solchen Arbeit im Grunde nichts Neues zutage gefördert werden, es wird nur die Verfestigung alter Vorurteile erreicht. Es seien einge dieser Vorurteile aufgegriffen, auf alles einzugehen, würde zu weit führen. Wer das Lorber-Werk kennt, kann sich hier des Eindrucks nicht erwehren, daß alles vordergründig ohne Tiefengang abgehandelt wird.

Keinesfalls lehnt Lorber, wie hier behauptet wird, die Trinität Gottes ab, er bejaht sie vielmehr in einer der heutigen Generation besser zugänglichen Form im vertikalen Sinne. Er sieht diese als Schichten oder Seinsebenen einer Person ineinander analog zum Menschen, der ja nach Gottes Bild und Gleichnis geschaffen wurde, als Körper, Seele, Geist. Die alte kirchliche Lehre sah die Trinität mehr horizontal in einer Dreipersönlichkeit nebeneinander. Lorber hingegen sieht hier drei Seinsstufen einer Person ineinander.

– Die Göttliche Trinität ist ein ehrfurchtsgebietendes und unergründliches Geheimnis, wir werden es als kleine Menschengeschöpfe nie ganz ergründen können. Wenn es aber möglich ist, uns dieses tiefe Geheimnis durch Analogien etwas verständlicher zu machen, sollte das nicht legitim sein? Gott ist nach der Lehre Lorbers uns Menschen im Gottmenschen Jesus Christus sichtbar geworden. Das entspricht auch der kirchlichen Lehre. Können wir Ihn nicht deshalb als das mensch-gewordene Wort unaussprechlich mehr lieben, als einen reinen Geist, der unsichtbar ist? Man sollte hier toleranter sein und nicht an alten Formeln kleben. Gott ist uns doch durch Seine Menschwerdung in Jesus unfaßbar nah gekommen.

Das Schlagwort „Patripassianismus" (S. 19) ist falsch, das trifft in die-sem Sinne für Lorber nicht zu. Nach Lorbers Sicht litt Jesus als Mensch und starb als Mensch. Der ewige Gott kann nicht sterben. Niemals ist es in der lorberschen Prophetie so gesehen. Lorber sieht alles viel dif-ferenzierter, hier wird es in unzulässiger Weise vereinfacht. Da wird, wie üblich, etwas in eine Schublade eingeordnet, was nicht hineinpaßt. Auf Seite 4 dieser Arbeit steht ein ganz entlarvendes Wort: „Das zah-lungswillige Fußvolk der Lorberfreunde." Dieser wegwerfende Ausdruck „von oben herab" kennzeichnet die ganze Voreinge-nommenheit des Verfassers. Man denkt unwillkürlich an jenen Pharisäer in der Heiligen Schrift: „O Gott, ich danke dir, daß ich nicht so bin wie die übrigen Menschen" (Lukas 18,10 ff.)

Auf Seite 12 heißt es: „Jakob Lorber hinterließ eine uneheliche Tochter, Maia Hochegger. Wer ihre Mutter war, läßt sich nicht feststellen." Diese Verunglimpfung eines untadeligen Verstorbenen soll zweifellos Werk und Lehre unseres Charismatikers unter der Gürtellinie treffen und unglaubwürdig machen. Diese Behauptung beruht auf einer Unwahrheit. Jakob Lorber war Vormund über Maria Hochegger. Unterlagen darüber befinden sich beim Lorber-Verlag, Bietigheim. Es ist allgemein bekannt, daß jeder unbescholtene Bürger das Ehrenamt einer Vormundschaft erhalten kann, wenn er es annimmt. Diese un-wahre Unterstellung kennzeichnet die Tendenz der Herabwürdigung und macht die Glaubwürdigkeit des Verfassers dieser Arbeit nicht grö-ßer. Des Weiteren hat, wie auf Seite 12 behauptet wird, Mayerhofer nicht den 11. Band des Großen Evangelium Johannis ergänzend geschrieben, das war vielmehr ein Mann namens Leopold Engel. Diese falsche Behauptung las ich schon einmal in einer anderen Arbeit. Da muß einer vom anderen abgeschrieben haben, ich weiß jetzt nicht, wer von wem.

Auf Seite 15 wird behauptet, nach Lorbers Sicht wohnten die Urengel Gottes auf der Erde. Jeder Leser des Lorberwerkes weiß, daß diese unsinnige Behauptung nicht zutrifft. Die Urengel sind die Ersterschaffenen Gottes, sie haben eine reingeistige Natur und wurden von Gott geschaffen, ehe die Erde und die Materiewelt bestand.

Auf Seite 19 wird behauptet: „Lorber lehrt die Wiedereinkörperung der Seele." Das ist grundsätzlich falsch. Hier wird die Lorbersche Lehre von der Naturseelenentwicklung falsch verstanden. Lorber warnt durch den Mund des Herrn vor diesem Mißverständnis. Die Reinkarnation als Regel wird bei Lorber strikt abgelehnt. Es wird jedoch nicht in Abrede gestellt, daß der allmächtige Gott in Seiner Barmherzigkeit Ausnahmen zulassen kann, auch kann Er hohe Geister, Engelgeister, mit einer Sonderaufgabe betrauen. Diese nehmen dann nach dem Beispiel Jesu Christi Menschenfleisch an, um eine besondere Mission auf der Erdenwelt zu übernehmen. Wer aber die Lehre von der Reinkarnation als Regelfall dem Lorberwerk anlasten will, der sagt die Unwahrheit. Es handelt sich lediglich um Ausnahmen, die in der Allmacht des persönlichen Gottes begründet sind.

Angeblich wurde nach den Behauptungen dieser Arbeit in der Sicht Jakob Lorbers Jesus nicht Mensch, um durch Seinen Tod die Erlösung der Menschen zu bewirken, Er hätte sie nur über das Hauptgebot der Gottes- und Nächstenliebe belehren wollen und habe deshalb Fleisch angenommen (S. 19). Das ist falsch gesehen. Nach Lorber war der ganze Gang Jesu in die Beengung von Zeit und Raum, in die Vergänglichkeit und die Enge der Materie bis zu Seinem Tod am Kreuze das Erlösungswerk. Freiwillig wurde Er als Gott Mensch, Er litt mit uns, teilte mit uns Freude und Schmerz und hatte mit uns den

Tod als Mensch gemeinsam, so erwarb Er uns die Kindschaft Gottes zum ewigen Leben.

Daß die Verdammnis „ewig" sein soll, ist heute umstritten. Es wird zwar in sehr polemischer Form von Theologen, die alles zu wissen glauben, fest behauptet. Es ist aber zu bedenken, daß „ewig" ein materieller zeitlicher Begriff unserer niederen Seinsebene ist. Wir können nicht von einer niedrigen Ebene her eine höhere beurteilen.

Lorber verstarb übrigens in diesem Alter wahrscheinlich nicht, wie auf Seite 11 dieser Arbeit behauptet, nach einer Lungenerkrankung, er starb eher an einer Blutung aus Oesophagusvarizen, wie sie bei einer Leberzirrhose auftreten kann, oder gar an einer Magenblutung durch ein chronisches Geschwür oder gar einen Krebs. Um falschen Schlüssen vorzubeugen, Leberzirrhose ist keinesfalls beweisend für Alkoholismus.

Auf Seite 21 behauptet der Verfasser dieser Arbeit, in der Sicht Lorbers hätte Jesus „keine besonders hohe Meinung vom Volk gehabt, zu dem er predigte". Da wird, wie vielfach üblich, aus dem umfangreichen Werk ein Zitat aus dem Zusammenhang gerissen. Wer das Lorber-Werk kennt, weiß, daß Jesus im Gegenteil eine sehr hohe Meinung vom Menschen hatte. Keinesfalls hat Er Menschen in Vermassung gesehen, Er hat in jedem als allwissender Gott die Einzelperson hoch eingeschätzt. Seine Äußerungen gerade im Großen Evangelium Johannes über das „Wesen des Menschen" sind von umfassender Tiefe, sie machen verständlich, weshalb Gott um eines solchen Geschöpfes willen Mensch wurde. Er wollte das Geschöpf Mensch nicht in die Verlassenheit stoßen. Ihm geht es um das Wohl jedes einzelnen, keiner soll, wie es im Gleichnis vom verlorenen Schaf ausgedrückt ist, verloren gehen.

Die in dieser Doktorarbeit so abwertend beurteilten naturwissenschaftlichen Vorerkenntnisse Lorbers sind in Wirklichkeit von einem faszinierenden Wahrheitsgehalt, natürlich drückt sich hier der Charismatiker, denn das war Lorber, in der Sprache seiner Zeit aus.

Es gäbe noch viel zu sagen. Alles in allem ist die Arbeit schülerhaft niveaulos. Ihr Verfasser hat die Grundtendenzen des Lorberwerkes veroberflächlicht und kaum begriffen. Wer so seinen „Doktor" macht, hat ihn relativ billig erworben. Dissertationen in anderen Fächern, die mit Forschungen verbunden sind und gründlicher Literaturkenntnis, sind wesentlich mühevoller und wohl auch redlicher. Diese Arbeit ist bei Mitbewertung der eingeflossenen Unwahrheiten kümmerlich und im Ergebnis oberflächlich. „Die Wahrheit wird uns frei machen", so heißt es in der Heiligen Schrift. Diese Arbeit wurde im Geiste der Unfreiheit konzipiert, mehr zu sagen erübrigt sich.

Dokumentennachweis: Zeitschrift ‚Das Wort', Lorber-Verlag, Bietigheim-Bissingen, 1988, Heft 4, S. 170-173

Kommentar zu einer Dissertation „Jesus Christus im Werk Jakob Lorbers. Untersuchungen zum Jesusbild und zur Christologie einer ‚Neuoffenbarung'."

Unter diesem Titel wurde vor einiger Zeit der Theolog. Fakultät der Martin-Luther-Universität Halle-Wittenberg eine Dissertation zur Erlangung der Doktorwürde vorgelegt. Der Doktorand, Herr **Andreas Fincke**, hatte uns während seiner Vorarbeiten von diesem Vorhaben in Kenntnis gesetzt. Die kritischen Ergebnisse seiner Arbeit hat er in 7 Thesen (§) zusammengefaßt. Dazu liegt uns von **Frank Mehnert** – er studiert in Hamburg ebenfalls evangelische Theologie – ein persönlicher Kommentar vor, den wir mit Erlaubnis des Verfassers unseren Lesern nachstehend zur Kenntnis bringen. (Den Kommentierungen von Frank Mehnert sind jeweils die Dissert. Texte in Kursiv-Schrift vorangestellt.)

§1: Die Untersuchungen haben gezeigt, daß es sich bei den vorliegenden Werken Lorbers nicht nur um konkrete Kundgaben, explizite Botschaften oder Weisungen Gottes handelt; vielmehr steht hinter Lorbers Werk ein religiöses Weltbild, eine universale Lehre. Diese Lehre überschreitet in mehrfacher Hinsicht die Hlg. Schrift: So behandelt sie nicht nur weitläufigere Themen, die Hlg. Schrift wird hier vielmehr indirekt als ergänzungsbedürftig und rudimentär angesehen. Die im GrEv gegebenen Belehrungen sind - bei einer Ausname /1/ (leider fehlen uns dazu auf die im Text [Ziff./1/-/6] verwiesen Anmerkungen D. Schriftl.) - keine Auslegungen des biblischen Textes, sie stellen vielmehr etwas eigenständiges dar, und sind von vornherein in das universale Weltbild Lorbers eingebettet.

Wie sehr sich dieses Weltbild von den traditionell kirchlichen Vorstellungen entfernt hat, dürfte deutlich geworden sein. Als Indikator soll hier noch einmal auf Lorbers Impulse zur Trinität und zu den Sakramenten verwiesen werden: Beide Problemfelder sind bei Lorber in ihrer theologischen Tiefe nicht angemessen erfaßt und gewichtet, weil sie in das Lorbersche Weltbild nur schwer zu integrieren wären: Die Trinität ist für Lorber ebenso unnötig, wie sakramentales Handeln der Kirche ihm überflüssig und sinnentleert erscheint.

Zu §1: Im christlichen Verständnis ist Wahrheit kein Buch sondern lebendige Person, nämlich Jesus Selbst. Auch die Hl. Schrift ist wahr nur durch und in Ihm. Für sich ist sie wohl vollständig, wie ein Samenkorn, aber doch auch wieder bedürftig, wie das Samenkorn, das man in die Erde getan hat. Wieder gleicht die Hl. Schrift einer Sammlung von Liebesbriefen, die eine Braut hütete, und obwohl darin alles gesagt war, verging kein Tag, an dem sie nicht hoffte, Er möge ihr wieder schreiben. Bei Gott dreht sich eben alles um ‚wachsende Liebe‘. Wie sollte da Sein Heiliges Wort auf Dauer schmal bleiben? Wenn nun die NO als neuer Liebesbrief Jesu an Seine größer gewordenen Kinder weitläufigere Themen behandelt, so braucht uns das aber keine Furcht einzujagen, denn gleich zu Beginn (in ‚Der Weg zur Wiedergeburt‘, 1840) bekennt sie sich zur Schrift und Kirche und bezeugt in all ihren Teilen treulich, daß Jesus der Christus ist (1 Joh 2,22).

Trinität und Sakramente sind in der NO eingefaßt in eine breitere Enthüllung über das Wesen Gottes und die Wirkungen der geistigen Welt in die materielle hinein. Das GrEv als das letzte Werk Lorbers baut ja auf die Offenbarungen über die Urgeschichte und die Materielle und Geistige Schöpfung auf. Dabei ist die Trinität weder unnötig noch aufgegeben, sondern die NO enthüllt im Ganzen so völlig selbstverständlich und hell und klar das trinitarische Wesen des Einen Gottes, daß diesem „Mysterium“ endlich einmal alle faulen Zähne gezogen sind. Wie in der Bibel richtet der Geist der Wahrheit auch in der NO sein Augenmerk nicht auf theologische Formeln und äußere Bekenntnisse, sondern auf die reale Glaubenswelt der Menschen, wie sie sich darstellt in Träumen, Gebet und Leben. Und nur deshalb insistieren Propheten wie Swedenborg und Lorber so auf der Drei-Götter-Irrlehre, weil Gottes Geist diese im Herzen der Menschen gerade so immer ausgemacht hat, trotz der Bekenntnisse voll ‚theologischer Tiefe‘ vom Einen Gott. In wessen Vorstellung erhebt Jesus nicht beim Gebet Sein Angesicht unmerklich zum Himmel, und doch ist der Vater nirgends als in Ihm! Und in wessen Vorstellung sitzt der Sohn nicht heimlich doch neben dem Vater, und schon wieder sind’s der Götter zwei! Haben sich die „traditionell kirchlichen Vorstellungen“ nicht vielleicht ihrerseits ein wenig von der Wahrheit der Trinität entfernt?

§2: Die Untersuchungen zu JJ (Jugend Jesu) ergaben, daß es sich hierbei keinesfalls um das „echte“ Jakobus-Evangelium handeln kann. Verschiedene Kriterien unterstützen diese Feststellungen: So haben wir beobachtet, daß in JJ jegliche Elemente jüdischer Frömmigkeit und jüdischer Lebenswirklichkeit fehlen: schon deshalb kann JJ kaum die „wiedergeoffenbarte“ Schrift des Herrenbruders sein. Weiter entdeckten wir – neben gravierenden historischen Ungenauigkeiten/2/ eine in der Sache tiefe Kluft zwischen Lorbers Jesusbild und dem ntl. Befund.

In JJ begegnet uns Jesus als göttlicher Wunderknabe, der mit uneinge-
schränkter Macht und grenzenlosen Fähigkeiten eine geradezu als
„pseudomenschlich" zu bezeichnende Kindheit erlebt, der zu den
Mächtigen seiner Zeit Kontakt hält und philosophische Gespräche
führt. Dabei benutzt er ein Vokabular, das vielfach weit neben der bi-
blischen Welt liegt.

§3: Weiter müssen wir feststellen, daß die in JJ als auch im GrEv
wiederholt anzutreffenden Todesurteile Jesu und seine Bestrafungen
mit Krankheiten ein dem ntl. Befund total widersprechendes Jesusbild
entwerfen. Es ist für einen am NT orientierten Christen geradezu un-
denkbar, daß Jesus Menschen seiner Umwelt vorübergehend oder end-
gültig hätte töten (lassen) können. Ein Schlüsselwort fanden wir in JJ
294,28. Hier sagt Joseph über Jesus: „Er züchtigt jeden, der nicht nach
Seinem Sinne ist!" Das jedoch ist nicht der Jesus, von dem die ntl.
Überlieferung spricht.

Zu §2/3: Das Judentum zur Zeit Jesu ist nicht gleichzusetzen mit dem
Rabbinischen Judentum der späteren Jahrhunderte, welches sich nach
der Tempelzerstörung im Jahre 70 weitgehend als Alleinerbe durch-
setzte. Wer sich Jesus, Seine Familie und Umwelt „highly orthodox"
i.S. des späteren Talmud-Judentums vorzustellen geneigt ist, mag darin
einen berechtigten Zug seines Herzens nach Anerkennung der
Traditionen unserer Mutterreligion folgen, doch sind wir damit noch
nicht auf dem Boden der Realität des Dorfes Nazareth um die
Zeitenwende angelangt. Die vorliegenden historischen Zeugnisse lassen den Schluß des Vfs. Lorber ignoriere das Jüdische an Jesus, nicht
zu. Nicht zuletzt dank der Qumran-Funde wissen wir heute, daß die jüdische Lebenswirklichkeit im vorchristlichen Jahrhundert vielschichti-
ger und komplexer war, als bisher angenommen. Demnach kann man
auch nicht mehr davon ausgehen, daß das Rabbinische Judentum mit
seiner halachischen Frömmigkeitspraxis der alles dominierende
Standard gewesen sein soll, schon gar nicht im galiläischen Nazareth.
Tun wir also des Guten nicht zuviel und machen aus unserem Herrn

keinen Jeschiwa-Musterknaben, denn dieser ist von oben her (Joh 8,23), gezeugt von Hl. Geist und gezogen nicht von Menschen sondern vom Vater (Joh 6,44).

Das Neue Testament kennt bis auf die Tempelszene in Lk 2 keine eingehendere Charakterisierung des Jesusknaben. Die JJ hat hier den Evangelien also keinen Anhalt. Wenn der Vf dennoch den 3-jährigen Jesus bedenkenlos vergleicht mit dem 33-jährigen der Evangelien, so muß er sich ja stoßen! Die Frage, warum einige Menschen in der Begegnung mit dem Jesuskindlein vorübergehend den leiblichen Tod fanden und warum sich andere erschrocken haben, ist eine wichtige Frage, sie trifft aber nicht die NO, sondern zielt tiefer auf das Geheimnis der Menschwerdung Gottes, den zu schauen ohne zu sterben unmöglich war vor der Zeit der Zeiten (2 Mos 33,20), dem es aber dann gefiel, Fleisch anzunehmen und Seinen Kindern ein schaubarer Gott zu werden, um sie so zu erretten aus Schuld und Sünde. Es war ja dies keine Kleinigkeit. daß die Heilige Gottheit, die vordem ernstlich jeden Sünder zu verzehren drohte in Ihrem Liebesfeuer, nun Wohnung nahm in dem Kindlein und nach und nach so inniglich das Menschliche anzog, daß uns auf Golgatha vollendet ein Licht ersteht, welches strahlt ohne zu blenden. Wir dürfen Altes und Neues Testament nicht auseinanderreißen! Eine Kindheitsgeschichte, die unseren Gott und Heiland nur „lieb und harmlos" schilderte ohne aber wirklich die ganze Fülle der Heiligkeit Gottes aus dem Alten Testament eingefangen zu haben, sie wäre ein Ammenmärchen und eine Verkennung dessen, was sich an Heilsgeschichte mit und in Jesus während 33 Jahren ereignet hat, da JHWH wahrhaft Mensch wurde.

Der Anstoß, den der Vf nimmt an Jesus züchtigender Gerechtigkeit ist aber desweiteren auch unberechtigt in Bezug auf die zu Schaden gekommenen Personen. Denn wo der Herr in der JJ das zeitliche Fleisch schlägt, da tut Er dies nur in der äußersten Not, um die Seele wenn möglich für ewig zu retten. Sobald wir diese geistige Dimension der Zurechtweisung und des Sterbens aus den Augen verlieren, gelangen wir zu halben Ansichten, nicht nur, was die JJ, sondern erst recht, was das AT betrifft! Und zeugen nicht auch die Evangelien, etwa in der Szene von der Tempelreinigung, vom Ernst und Eifer dessen, der genannt ist: „Wunderrat, starker Gott, Ewigvater, Friedefürst" (Jes 9,6)? Ich halte dafür, dass die JJ ein israelitisches Zeugnis ist aus echtem Schrot und Korn!

Noch etwas zur Sprache der NO allgemein: Es ist m.E. ein magisches Mißverständnis, zu fordern, ein Prophetenwort aus dem 19. Jhdt. müsse völlig aufgehen in dem Übersetzungsvokabular der biblischen Schriften. Bei Gott ist alles lebendig! Wo immer Sein Wort Fleisch annimmt durch Propheten, da nimmt es auch Geschmack an vom Propheten. Das ist bei den verschiedenen Büchern der Bibel stets gewesen und ist auch im Falle der NO nicht anders. Bei aller z.T. wörtlichen Übereinstimmung mit den Fragmenten des apokryphen Jakobus-Evangeliums bleibt die JJ das Ergebnis einer Herzenseinsprache und ist kein Fund der Archäologie! Und wie alle Offenbarung will sie schon gar nicht ein „gemachtes Nest" sein, an dem nur hie und da herumzuzupfen bräuchte, sondern möchte uns einladen, Gott zu begegnen in unserem eigenen Haus und Herzen. Antike oder romanitische Sprache – an den Früchten sollen wir sie erkennen.

§4: Bei Lorber begegnen uns äußerst problematische Vorstellungen über das Leben, Leiden und Sterben des Messias, welcher einerseits als „Mittler" zwischen Gott und den Menschen, gleichzeitig aber auch als mit Jahwe identisch gedacht wird. Mehr noch: Bei Lorber wird Jesus von breiten Schichten des Volkes allein deshalb für den verheißenen Messias gehalten, weil er klug und machtvoll redet, großzügige Schauwunder wirkt und Autoritäten des jüdischen Lebens energisch entgegentritt./3/

Folgen wir weiter Lorber, so stellt sich Jesus selbst als Messias, ja sogar als Jehova vor. Alles das widerspricht der ntl. Überlieferung in gravierender Weise.

Zu §4: Der ntl. Überlieferung ist, was das Messias- und Selbstverständnis Jesu angeht, keineswegs so zwingend, wie sie der Vf vorstellt. Und so sind die angeblichen ‚gravierenden Widersprüche' zum GrEv beim genaueren Hinsehen denn auch allesamt gut biblisch! Nur mutig hineingesprungen in die ‚Widersprüche', und wir wollen sehen, was von ihnen übrigbleibt! Wie lauten denn die Vorwürfe: Daß der Messias im GrEv (an einer Stelle) auch das Mittleramt für Sich in Anspruch nimmt – ja, täte Er das nicht, wie könnten wir versöhnt werden mit dem Heiligen Gott, und steht nicht geschrieben: „Denn es ist ein Gott, es ist auch ein Mittler zwischen Gott und den Menschen, der Mensch Jesus Christus" (1 Tim 2,5)? Daß der Messias im GrEv eines Wesens ist mit JHWH – ja, sollte die Trinität denn nicht ernst gemeint sein? Daß im GrEv das Volk den Messias so leichthin erkenne, nur so mal eben aus Worten und spektakulären Taten – ja, wie lange brauchten Philippus und Nathanael (Joh 1) und steht nicht geschrieben: „Es folgte ihm aber viel Volk nach, weil sie die Zeichen sahen, die er an den Kranken tat" (Joh 6,2)? Daß Jesus im GrEv dennoch alles andere ist als ein fiktiver Supermann, das zeigen diese ‚Wundergeschichten' da, wo sie im „Kanaan des Herzens" wahre Wunder des ewigen Lebens zu wirken und immer tieferen Sinn zu geben imstande sind.

Wie in den biblischen Evangelien reklamiert Jesus nirgendwo im GrEv den Messiastitel ungefragt für Sich. Spitzensätze, die der Vf ohne Rücksicht auf Gesprächssituationen und Adressaten aus ihrem Zusammenhang reißt, geben da allzu schnell ein falsches Bild. Die NO macht ja immer wieder deutlich, daß die Erkenntnis der Person Jesu der freien Liebe des Menschen vorbehalten bleiben muß, soll sie ihn nicht richten. Daß Jesus aber über Sich Selbst durchaus Klarheit besaß und während Seiner drei Lehrjahre in manchen Gesprächen auch deutlicher über Sich gesprochen hat, als es die Kurzfassungen der biblischen Evangelien in ihrer Ungeschütztheit tun, sei Ihm doch zugestanden. Was liegt uns denn daran, Ihn taumeln zu sehen in Ungewißheit und Unkenntnis, wo doch schon uns als Seinen Jüngern gegeben ist, das Geheimnis des Himmels zu wissen (Mk 4,11)?

Kann es sein: Dem Vf kommt der Lorbersche Jesus wohl einfach etwas zu herrlich und stark daher! Die letzten 2000 Jahre waren als ‚Zeitalter des Sohnes' (Joachim v. Fiore) eben auch Jahrhunderte des Gekreuzigten. Da fällt es der Kirche noch schwer, heute wirklich vom Auferstandenen her zu denken und zu leben und so einzutreten in den Äon des Hl. Geistes. Oder ist es vielleicht auch a bisserl unbequem, wenn der gute alte 335-Seiten-Christus plötzlich nicht mehr stille hält zwischen den Buchdeckeln?!

§5: Damit nähern wir uns der Frage nach Jesu Auftreten und Lebensstil. Wir haben gelernt, zwischen dem zu unterscheiden, was verbal gesagt und was de facto vermittelt wird: Zweifellos geben sich Jesus und die Jünger den Anschein einfacher Menschen. Aber welches Bild wird tatsächlich entworfen? Nicht selten lebt Jesus mit seinen Jüngern in üppigem Reichtum. Man trinkt aus goldenen Bechern, speist von silbernen Tellern und genießt beste Weine./4/ Alles das erweckt den Eindruck, als ob Jesus bei Lorber mehr romantische Fiktion eines Gottmenschen gedacht wird. Wenn Jesus bei Lorber als wahrer Mensch gedacht würde, hätte er teil an unserer Begrenztheit und Endlichkeit. Aber alles das wird bei Lorber nicht gekannt. Hier lebt Jesus jenseits von Gut und Böse, jenseits jedes Leidens und jedes echten Gefühls; folgen wir dagegen der ntl. Überlieferung, so hat Jesus gelitten und gehofft. Mehr noch: Gemäß dieses Zeugnisses war Jesus einer vehementen Versuchung durch das Böse ausgesetzt, während Lorber Mt 4 bezeichnender Weise nur als nachträgliche Erzählung kennt, welche darüber hinaus das eigentliche Problem entschärft./5/ In der Tat: Bei Lorber ist – trotz vieler wohlklingender, geradezu „christlich" anmutender Worte – der Kern unseres Glaubens, daß nämlich Jesus Christus im Fleisch gekommen ist (vgl. 1 Joh 4,2), verfälscht.

Zu §5: Wo der Herr der Heerscharen Einzug hält, sind da jemals die Bechern hölzern geblieben und die Fässer voll bloßen Wassers? Sich Jesus ärmlich und rein diesirdisch begrenzt vorzustellen, ist m.E. eine sentimentale Wunschvorstellung, die sich für alles Reiche und

Himmlische an Ihm nicht begeistern mag, stattdessen Sein Menschliches rührig nach Wohlbefinden vereinnahmt, aber in den Evangelien keinerlei Stüzte hat. Wohl steht von Ihm geschrieben, daß Er keinen Stein hatte, auf dem Er sein Haupt hätte betten können, und so bleibt es auch im GrEv, aber wie können die Hochzeitsgäste Leid tragen, solange der Bräutigam bei ihnen ist (Mt 9,15), und wo ist unser Herr jemals knauserig gewesen, Er, der Schöpfer des Universums und König aller Könige? Geben wir doch nicht dauernd unserer Trägheit die Ehre und mißverstehen Menschsein pur fleischlich! Was soll das heißen, an unserer Begrenztheit teilhaben, wo doch der Mensch als Ebenbild Gottes gar nicht so begrenzt ist, wie es unserem fleischlichen Sinn scheinen will (Joh 10,34)? Wie soll der dauernd nur hoffen, der die Hoffnung Selbst ist? Und wie soll der beständig Bettler sein, der uns Brot und Wasser ist zum Leben? Im Hebräischen sind arm und demütig dasselbe Wort. Anaw ist nicht so sehr der, der nichts hat, als vielmehr der, der alles gibt, was er hat. Und nur so schildert auch die NO unseren Herrn, der nirgendwo die Herrlichkeit des Vaters als Raub ansieht und für Sich behält, sondern Seinen Kindern voll einschenkt. Was nehmen wir Anstoß daran, daß Jesus dienstfertig ist von Herzen? Machen wir Gottes Arm nicht schwächer und Seine Güte nicht kleiner als sie sind, sondern freuen uns endlich, wie gut unser Gott ist. Zu wem Er kommt, dessen Hütte wird natürlich zur Königskammer. Bei Ihm bleibt keiner unbeschenkt, oder wie stellt es sich der Vf vor, und wo steht solches von Ihm geschrieben?

Ist darum Jesus gemäß der GrEv nicht im Fleisch gekommen, weil Er die Seinen reich beschenkt und ihnen zudem die Freude macht, teilzunehmen an dem, was Er ihnen bereitet hat? Was sind wir doch noch ängstlich, daß wir Gott beständig in Knechtsgestalt sehen wollen, bevor wir Ihm vertrauen und Sein Leben anzunehmen bereit sind. Die NO schweigt ja ganz über die Jahre von 18-30, davon nur geschrieben steht, daß Jesus mit Versuchungen zu kämpfen hat, wie sonst kein Mensch. Und was liegt am Essen und Trinken, was an goldenen Bechern und silbernen Tellern, wo Ihm dies alles nichts galt, sondern nur das Heil der Menschen. Wenn es nur Hunger und Durst wären nach äußerer Spreise! Menschliche Natur annehmen meint ja doch insbesondere: mit dem Tod kämpfen als mit dem ewigen Tod der Seele! Der Vf hätte gut daran getan, den XI. Band des GrEv nicht auszulassen, um zu sehen, wie sich die NO im kritischen Moment der Kreuzigung unterscheidet vom Doketismus, jener von Gnostikern und Manichäern schon im christlichen Altertum verbreiteten Lehre, wonach Gott nur scheinbar in Jesus Mensch geworden sei.

§6: Lorber versteht Jesus als ein überweltliches Wesen, welches kraft seines Lehramtes Erkenntnis und Wissen den Menschen bringt, und reduziert so Jesu Heils- und Erlösungstat auf die Vermittlung von Erkenntnissen, Lorbers Erlösungsmodell ist geradezu „gnostisch" zu nennen: Der Mensch soll sich nur zu Gott wenden bzw. sein Licht und seine Liebe aufnehmen, um somit stärker bzw. göttlicher zu werden. Aber damit verkennt Lorber die Tiefe Schuld, die zwischen Gott und den Menschen steht. Hier lebt der Mensch lediglich in der Gottferne, weil er noch nicht recht belehrt wurde bzw. noch nicht recht verstanden hat. Das führt dazu, daß Lorber intendiert, der Mensch solle sich nur Mühe geben und schon kann er vor Gott bestehen. Dagegen versteht das NT die Sünde als eine den Menschen bindende Macht, welche auch da, wo der Mensch das Gute weiß und will, dieses zu verhindern versteht (vgl. Röm 7). Deshalb geschieht durch Christus eben mehr als nur die Belehrung oder Stärkung des Irrenden, sondern vielmehr seine Befreiung aus der Macht der Sünde.

§7: Abschließend ist deutlich: Wir haben bei Lorber ein irriges Jesus- bzw. Christusbild gefunden. Nach unserem Verständnis hat sich Gott in Jesus Christus bzw. in der Hlg. Schrift in grundlegender Weise bezeugt. Deshalb muß jede weitere Offenbarung Gottes nicht nur zu Christus, sondern auch zur Botschaft des NT führen bzw. sich von dieser her messen lassen. Folglich kann es nicht der Herr gewesen sein, der zu Lorber gesprochen hat. Viel zu viel votiert gegen diese Annahme. Den

Lorberfreunden ist leider zu sagen, dass die Tiefe der verfehlten Darstellung es uns unmöglich macht, hierin nur geringfügige „Steine des Anstoßes" /6/ zu sehen, wie sie bereits von wenigen Lorberfreunden konstatiert werden.

Zu §6/7: Nicht umsonst heißt das GrEv Evangelium Johannes! Die hier aufgeführten Vorwürfe des Vfs gegenüber der NO sind denn auch nicht zufällig die gleichen, die von protestantischen Theologen traditionell auch gegen das biblische Johannes-Evangelium erhoben werden, darin Jesus als Gott nur unnahbar und erhaben über die Welt schreite und gnostische Lehren verbreite. Sogesehen befindet sich das GrEv in guter Gesellschaft. Finden wir aber darum auch im biblischen Joh-Ev ein „irriges Jesus- bzw. Christusbild", welches bar ist „jedes echten Gefühls"? Wir sollten die Dinge nicht nur nach dem Äußeren beurteilen. Ein glühender Draht leitet nur schlecht den Strom, und ein vor Gefühl platzender Musiker bringt aus seiner Posaune kaum einen Ton heraus. So wollen auch Joh-Ev und GrEv nicht sosehr Gefühl zeigen, als vielmehr Glaube und Liebe erwirken in uns. Im heiligen Gleichmut fließt der Geist ja viel satter als in der Erregung, und so kommt Jesus wirklich tief in unser Herz.Verkennen beide Evangelien damit die Tiefe menschlicher Schuld, wenn Jesus in ihnen als Lehrer auftritt? Wo Er doch zudem darin Dinge wirkt, beileibe nicht weniger kraftvoll als bei den Synoptikern? – Es geht hier um unser Verständnis von Erlösung und um die Frage, wie Gott in den Menschen einfließt und das Heil in ihm wirkt. Und hier unterscheidet sich die traditionell-lutherische Auffassung des Vfs tatsächlich von der des GrEv (und m.E. auch der des NT).

Im lutherischen Sinne erfolgt Erlösung als Rechtfertigung unter Ausschluß des menschlichen Willens als ein Totalereignis Gottes. Nach dem GrEv hingegen ist der Mensch als Kind Gottes dazu berufen, selbständig wie aus sich und doch ganz von Gott her in sich das Leben zu gestalten. Der freie Wille ist dabei kein „leeres Wort", sondern die Lebensgrundbedingung des Menschen. Während der Vf demnach

Christus ungebeten und geheimnisvoll Besitz ergreifen sieht vom innersten Willenszentrum des Menschen, um ihn so zu befreien von der Macht der Sünde, wie immer man sich das auch vorstellen soll, so sind Jesus im GrEv wie schon im NT solche „Zaubereien" fremd. Wie der gute Hirte zur Tür hineingeht (Joh 10,2), so wählt Gott hier als Pforte für Sein Wort ganz unspektakulär das normale Ohr. Leise klopft Er an in Gestalt der Lehre, nicht, weil plötzlich alles so rational zuginge und Sünde nur noch ein Problem der rechten Belehrung sei, aber weil wir nur so Menschen bleiben und doch zu Kindern Gottes werden können. Das Wort Gottes, das leise an der Pforte anklopft, kann ja leicht alle im Haus gewinnen, denn da öffnet sich Ihm zutraulich bald jede Kammertür. Bräche es aber ein wie der Blitz durch die Decke, blieben da nicht alle Türen auf lange Zeit verschlossen aus Furcht, und das Wort bliebe einsam und allein?

Daß Christus uns aber von Anfang an mehr als ein bloßer Lehrer, nämlich Kraft zum Ewigen Leben und Retter aus Schuld und Sünde, das beschreibt die NO höchst bewegend z.B. in ihren Jenseitswerken. Nochmal ist es also nützlich, den Gesamtaufbau des Werkes im Auge zu behalten, darin, wie in der Bibel, verschiedene Teile unterschiedliche Aufgaben wahrnehmen. Weil der Herr Sich während Seiner drei Lehrjahre am tiefsten hinabgegeben hat in die Materie, auf die Stufe der Verstocktesten und Hartherzigsten, die das Weltenherz um Jerusalem damals zu bieten hatte, weil Jesus hier die harschesten Auseinandersetzungen auf dem Boden der Hölle führen mußte, um Sein Erlösungswerk zu vollbringen, darum bekleidete Sich Seine Liebe in dieser Zeit am stärksten mit Vorsicht, um auch die Kältesten nicht zu verbrennen, und das ist: das Gewand der Lehre. Wo es hart um Leben und Tod geht, da finden wir Ihn in der größten Selbsterniedrigung. So hat Er die Welt überwunden, so hat Er der Hölle alle Macht genommen und sie doch nicht einfach zerstört. Wie sollten wir nur den Rock verachten, den Er um unserer Sünde willen trug und mit dem Er uns das Leben rettete? Gott gebe, daß dieses Werk der Liebe Christi in uns Früchte trage, daß wir Seine Gnadengaben nicht verstoßen und als Seine Kinder zur Einen Kirche zusammenwachsen, brüderlich geeint im Hl. Geist.

Frank Mehnert

Dokumentennachweis: Zeitschrift ‚Das Wort', Lorber-Verlag, 74321 Bietigheim-Bissingen, 1994, Heft 1, S. 19-28

––––––––––

Rezension über das neu erschienene Buch von Matthias Pöhlmann: „Lorber-Bewegung – durch Jenseitswissen zum Heil?"
(Friedrich Bahn Verlag, Konstanz 1994, 160 Seiten, kart., DM 19,90) durch Dipl.-Theologe Frank Mehnert

Meine Schriften dienen nicht für den vollen Bauch, sondern für einen hungrigen Magen.

Jakob Böhme

I

Nach drei Dissertationen und einigen kürzeren Abhandlungen über Jakob Lorber in Büchern über Spiritismus, Drewermann und Sekten, liegt seit März 1994 m. W. das erste Buch von kirchlicher Seite vor, welches sich ganz mit Lorber und den Lorberfreunden beschäftigt. M. Pöhlmann, Mitglied der bayerischen Landeskirche und Doktorand an der Universität Erlangen-Nürnberg, steht seit über sechs Jahren in Kontakt mit Lorber-Verlag und -Gesellschaft und hat sich v.a. die Mühe gemacht, Wort-Hefte und Ausgaben von „Geistiges Leben" zu studieren, um ein kritisches Profil der „Lorber-Bewegung" zu erstellen. Erschienen ist das Buch in einer „Reihe Apologetische Themen", herausgegeben vom Mitarbeiter der Evangelischen Zentralstelle für Weltanschauungsfragen Werner

Thiede, die es sich zum Ziele gemacht hat, „in den Jahren um die Jahrtausendwende zu verschiedensten apologetischen Fragen Rat und Hilfen" anzubieten.

II

In den ersten drei Kapiteln beschäftigt sich das Buch mit Person und Werk Jakob Lorbers. Im Gegensatz zu K. Hutten, der sich Jahrzehnte mit dem Werk Lorbers auseinandergesetzt hat, möchte der junge Autor Lorber nicht als „Werkzeug des Heiligen Geistes" anerkennen und bedauert Huttens angeblich mangelnde inhaltliche Auseinandersetzung mit der Neuoffenbarung (S.24).

Stattdessen verweist er auf „humanwissenschaftliche Erklärungen" (S.22) und auf die Heilige Schrift. Leider bleibt er dem Leser eine eingehendere Auseinandersetzung mit dem Werk aus biblischer Sicht schuldig. (Auch wäre zu wünschen, daß der Autor das Werk gewissenhafter zitierte und in den Herrenworten die sich auf den Herrn beziehenden Pronomina wie im Original durchgehend groß schriebe.)

Im Kern wirft der Autor Lorber und seinen Anhängern Hybris und geistliche Unbescheidenheit vor. Anstatt sich die abschließende Selbsterschließung Gottes in seinem Sohn Jesus Christus im Glauben stets neu vergegenwärtigen zu lassen (S. 30), ziele die Neuoffenbarung ab auf die Erkenntnis verborgener Geheimnisse Gottes. Leider sucht der Leser auch hier eine über den allgemeinen Gnosis-Vorwurf hinausgehende Konkretisierung vergebens. Im besten Fall heißt es mit H.-J. Rupperts Worten: „Man meint daher, durch Ausschaltung der individuellen, persönlichen Betroffenheit durch diese Selbstoffenbarung Gottes eine reinere und unter Umständen neue, darüber hinausgehende Offenbarung erhalten zu können" (S.30). Ausschaltung der individuellen, persönlichen Betroffenheit – ein solch schwerer Satz steht einfach so da und wird doch nicht näher erläutert. Das ist schade, denn so vermißt man eine ernsthafte und auch seelsorgerlich einfühlsame Auseinandersetzung mit dem Werk, welche nicht nur die eigene

Rechtgläubigkeit im Blick hat, sondern auch das Heil des anderen. Wie soll Christus uns je als Fischer gebrauchen, wenn uns so viel mehr an unseren Schutzdämmen liegt als an den Schiffbrüchigen draußen auf See? Bezeichnenderweise ist die Kirche Christi nie als Insel besungen worden, sondern als Schiff.

Das Wenige, was das Buch an echter Sorge über Lorber und die Neuoffenbarungsfreunde vorträgt, soll hier dennoch einmal ausführlicher aufgegriffen werden, denn dieser Vorwurf begegnet immer wieder: Anstatt sich treffen zu lassen vom Bestehenden und sich mit der Bibel zu bescheiden, weiche der Lorberfreund dem einfachen Glauben aus und versuche stattdessen, im Lichte der Neuoffenbarung zu sehen, anstatt zu glauben.

Diesem Vorwurf liegt ein besonderes, auf Luther zurückgehendes Glaubensverständnis zugrunde, wonach persönliche Betroffenheit und echter Glaube erstmals diesen Charakter einer dunklen Gehorsamsentscheidung vom Verstand her. So forderte der Reformator, der Glaube dürfe nicht vernünftig sein, sondern sei „der finstere Weg, da Finsternis ist unter seinen Füßen". Glaube wurde so dem Sehen, dem Gefühl und aller menschlichen Vernunft entgegengesetzt. Auch wenn Luther dabei scholastische Vernunfteleien und die sinnlichen Wahrnehmungen im Blick hatte und dem Glauben durchaus eine Sehe für das Unsichtbare zugestand, bahnte sich in der Folge dennoch eine Entwicklung der evangelischen Christenheit an hin zu Blindglaube und Blindfühligkeit. Wo der Glaube aber Züge annimmt einer bloßen Bezwingung des Herzens wider alle Vernunfterkenntnis und nur noch im Dunkel harrt, da passiert etwas Schlimmes: Es reißt den Menschen auseinander! Indem Luther nämlich den Glauben an das Dunkel, Unvernünftige, Kärgliche band, verbannte er Gott in ein Nirwana der Irrationalität – aus dem Herzen in ferne Nierenregionen – und überließ das Diesseits dafür ganz dem Verstand. Das eine Leben zerbrach so zunehmend in zwei Reiche: Was über uns ist, sei allein Gottes Angelegenheit, davon verstünden wir nichts und es gehe uns auch nichts an; was unter uns ist, das obläge dafür aber ganz unserer Herrschaft und da ließe uns Gott wiederum völlig freie Hand. Als der „letzte mitteralterliche Mensch" ebnete Luther so die Wege für die Aufklärung, denn erst in einem solchen Milieu des Auseinanderbrechens des Herz- und Hauptlebens in polare Bereiche von Kopf und Bauch konnte eine verstandesabsolutierende Aufklärung gedeihen.

Ein solches, zwischen irdischem Wissen und überirdischem Glauben polarisierendes Glaubensverständnis steht hinter dem Vorwurf, die Neuoffenbarung sei ein Ausweichmanöver vor dem Ernst des Glaubens. Nun ist es aber gerade urchristliche Erfahrung, daß Glaube und Erkenntnis, daß Liebe und Weisheit zusammengehören. Das Johannes-Evangelium ist dafür der stärkste Zeuge. Und diese Wahrheit findet durch die christliche Mystik hin bis zur Neuoffenbarung ihre Bestätigung: Der Glaube macht sehend! Den Kindern Gottes ist es gegeben, aus der Liebe zu ihrem Vater heraus im Geiste mehr und mehr die Gnadentiefen der Schöpfung zu schauen. Denn Wärme erzeugt Licht, und Licht erzeugt wiederum Wärme. Liebe und Weisheit gehören zusammen, und was Gott zusammengeführt hat, das soll der Mensch nicht scheiden.

Auch die Neuoffenbarung schenkt Erkenntnis und Wissen nur dem Gläubigen. Oder was sollten Lorberfreunde wissen, das sie nicht zuvor entgegen aller Weltweisheit kindlich geglaubt hätten? Daß der Saturn bewohnt ist? Daß es ein sehr menschliches Leben nach dem Tode gibt? Daß Gott durch einen steirischen Hauslehrer zu Seinem Volk redet? Angesichts dieser Offenbarung ohne alle Geheimcodes und Zaubertrankrezepte zieht das Argument der Wissensgier nicht. Und erst recht nicht angesichts einer Bibel, die auf jeder Seite von Privatoffenbarungen zeugt, in der der Herr immer wieder mit spontanen neuen Offenbarungen den Glaubensgehorsam Seiner Kinder und ihre Ernsthaftigkeit hin prüft und darin Jesus selbst sagt, daß es Seinen Jüngern gegeben sei, die Geheimnisse des Himmels zu wissen (Mk 4,11). Es lohnt sich hier, einmal Karl Barth zu lesen. Der nannte es eine Lästerung des Hl. Geistes, so jemand das eigene Unvermögen, von

Gottes Geheimnissen sprechen zu können, höher einschätze, als das Vermögen, welches Gott uns schenke in Seiner Offenbarung: „Deus definiri nequit ist, recht verstanden, das Bekenntnis zu Gottes Offenbarung, durch das wir freilich bestätigen, daß uns das Unvermögen unseres eigenen Anschauens und Begreifens Gottes aufgedeckt ist, durch das uns aber der Mund nicht verschlossen, sondern für die Ausrichtung des göttlichen Auftrages gerade geöffnet wird" (Kirchliche Dogmatik II,1;S.216f).

Nicht anders stehen die Dinge im Falle der Neuoffenbarung.

Auf theologischer Ebene wird man aber wohl lange reden können und doch nicht zueinanderfinden. Und so sei abschließend einmal vom Gefühl her gefragt: Kann es nicht sein, daß sich da eine kleine Liebe zum Halbdunkel hinter dem Vorwurf verbirgt, eine heimliche Vorliebe fürs Schlummerlicht, welches uns bei aller Liebe noch gewisse Spielräume läßt für Reste eigenen Treibens? Im Halbdunkel hat ja alles seinen gewissen Abstand, und was darunter ist, das bleibt mehr der eigenen Findigkeit überlassen. Man frage nur einmal auf einer Engtanzparty zu vorgerückter Stunde die Gäste, ob es ihnen genehm sei, so man die Deckenfluter anschalte! Energischer Protest wird die sichere Folge sein. So ähnlich empfinde ich auch die Reaktion des Buches auf die Neuoffenbarung vornehmlich als einen, mit dem Mund vorgetragenen Protest eines im Bauche irritierten Theologen. Im Halbdunkel einer puritanischen Offenbarungstheologie diesseits des „garstigen Grabens", diesseits des „uneinholbaren Abstandes zu den Evangelien", wie das genannt wird, wo kein spontanes Licht mehr aus den Himmeln das eigene Wesen wirklich zu entlarven droht, da hat sich in vielen Menschen heutzutage ein Gefühl wohliger Gesetzlichkeit breitgemacht, welches nun erschrickt, sobald sich Flutlicht ankündigt. Die gefühlsmäßige Reaktion des Buches auf die Neuoffenbarung ist in meiner Wahrnehmung denn auch eine ganz ähnliche wie im Falle der Engtanzparty: Muß das denn sein? Wozu braucht man die? Reicht euch denn nicht das bisherige Licht? Ihr seid ja nur neugierig und unbescheiden und wollt euch nicht im Hier und Jetzt glaubensvoll Gott anvertrauen...

Allen biblischen Helden sind solche Reden fremd gewesen. So unterschiedlich sie auch waren, so hatten sie doch das Eine gemeinsam, von Henoch bis zum blinden Bettler von Jericho: Maßlosen Hunger nach Gott, Seiner Liebe und Seinem Licht.

Unglaubwürdig wird der Autor denn auch spätestens da, wo er selbst zu „Lichtschaltern" greift und mit „Neuoffenbarungen" aufwartet, die er zusätzlich zur Bibel heranzieht, als da wären humanwissenschaftliche und psychologische Erklärungen (S.19ff). Luthers Ansichten vom Jenseits (S.44) oder die Grundsätze der Reformation. „Neuoffenbarungen" in Form von wissenschaftlichen Theorien sind ja längst salonfähig geworden in der evangelischen Kirche, und so stehen sich auch im vorliegenden Buch keinesfalls Bibel und NO rein gegenüber als vielmehr „Bibel mit Schuß nach Art des Hauses" und „Bibel mit Schuß NO".

III

Im zweiten und umfangreicheren Teil beschäftigt sich das Buch buchstäblich mit den Anhängern der Neuoffenbarung. Wer immer sich in den letzten Jahren hervorgetan hat durch Wort und Schrift, durch Film oder Computer, dessen Eifer findet in diesem „Enthüllungsbericht" seine kritische Würdigung. Wie anders wären auch sonst die Lorberfreunde zu portraitieren? Stille Eiferer, der sich als Fluidum in den Leib Christi ergießt und unscheinbar im Alltag wirkt oder auch nicht, läßt sich schwer fassen, und so blieben eben nur die „Recken". Ihnen und uns allen kann das Buch aber gerade damit einen unschätzbaren Dienst erweisen, daß es unserem Eifer wie unserer Zurückgezogenheit auf die Finger klopft und zum Nachdenken anregt, so, wenn es verwickelte Vereinsstrukturen vorführt, auf Selbstbespiegelung oder aufwendigere Projekte hinweist oder auch nur berichtet, daß sich manche Lorberfreunde gerne über die Ernährung streiten (S.123). Jeder Eigensinn, und ist es nur ein kleiner Rest, soll ja ans Licht und unter die Harpune, wollen wir wirklich sterben und auferstehen in Christus.

Ingesamt geht der Autor freilich, wenn nicht unfreundlich, so doch auch nicht gerade liebesprühend auf die Bewegung zu. Den Eindruck machen jedenfalls manche suggestiven Redewendungen, so, wenn er einen Lorberfreund gleich auf der ersten Seite einen Lorber-Gläubigen nennt (S.9), Lorber-Verlag und -Freunden unterstellt, sie wüßten „diese überaus positive Stellungnahme des kirchlichen Apologeten (K. Hutten) für ihre Zwecke werbewirksam zu nutzen" (S.23), oder der Verlag „fieberhaft (...) seit den Veränderungen in Osteuropa an den entsprechenden Ausgaben arbeite" (S.61).

In ähnlich überschießendem Stil heißt es auch, daß das Brotbrechen in den Freundeskreisen „geflissentlich" übergangen werde (S.93) und die Lorberianer sehr schnell gemerkt hätten, „daß eine beständige Lektüre des sehr umfangreichen und teilweise doch recht weitschweifigen Schrifttums Lorbers kaum auf Interesse stieß" (S.96).

Solche Mutmaßungen dienen vielleicht als Stupser, aber kaum einer „sachlichen Auseinandersetzung" (S.11), wie sie das erste Kapitel ankündigt.

Immerhin attestiert das Buch den Lorberfreunden, daß sie nicht die Person, sondern das Werk Lorbers in den Mittelpunkt stellen (S.113, was freilich noch zu wenig wäre!), daß die Schriften bei ihnen „weniger zu einem elitären Bewußtsein, wie er bei esoterisch-gnostischen Zirkeln anzutreffen ist, sondern mehr zu einem Missionseifer für den göttlichen Schatz" führen (S.108) und sich ingesamt „sektentypische Züge" kaum nachweisen ließen (S.115). Kernaussage bleibt aber, daß die Bewegung ein Phänomen des „neuzeitlichen Spiritualismus" darstelle (S.115), dem von kirchlischer Seite aus nicht zugestimmt werden könne. Zum Spiritualismus zählt der Verfasser dabei sowohl Lorbers Visionen als auch jegliches Phänomen der inneren Stimme und alle

Bestrebungen, zu Gottes Weisheit einen unmittelbaren Zugang zu suchen ohne kirchliche Bevormundung (vgl.S.130).

IV

Der Autor selbst spürt die „Suchbewegung" religiöser Menschen in der Gegenwart und gibt zu, daß auf Suchende das „verständliche und nachvollziehbare Reden von Gott und seiner Geschichte mit den Menschen besonders anziehend" wirke (S.114). Auch räumt er ein, daß die NO von den betreffenden Menschen als „individuelle Glaubensvertiefung" erfahren wird. Dennoch mag er dieser „Theologie für Nichttheologen" (ebd.) kein Wohnrecht geben in der Kirche und verweist immer wieder auf die protestantischen Prinzipien des sola gratia, sola fide und sola scriptura.

Wird das aber den Suchenden reichen, den hungrigen Esoterikern und dürstenden Katholiken, den seufzenden Protestanten und weinenden Nichtsen im Land, die sich nach Licht und Wärme sehnen? Werden sie nicht fragen: „Ja, lieber Bruder, wenn dieses Brot so untauglich sein soll, was hast du unseren Brüdern da Besseres zu geben? Wir ließen ja bereitwillig alle Bücher liegen, wenn du überzeugender die Seelen hinführen würdest zu Jesum und dem Leben, welches Er schenkt! Doch lassen wir uns nun nicht länger mehr abspeisen mit einer müden Nachtlaterne, da wir uns bitterlich nach der Sonne sehnen!" Werden so nicht die Herzen rufen? „Es ist der Stern erschienen, welcher das Siegel zerbrochen hat. Was gaffst du denn lange? Merke auf, denn die Zeit ist gekommen, es ist kein aufhalten mehr," schrieb 250 Jahre vor dem Grazer Jakob ein anderer Jakob, Jakob Böhme. Sollte auch er einfach erledigt sein? Und die vielen anderen, die durch die Jahrhunderte hindurch vom Inneren Wort und einem kommenden Geistzeitalter gezeugt haben, eine Hildegard, ein Schweckfeldt, ein Oetinger und Swedenborg, sollen sie alle wie Lorber schon ebenfalls erledigt sein als gnostische Spiritualisten und damit Schluß?

Der charismatische Aufbruch, wie er sich derzeit im Leib Christi abzeichnet, wird sich schwerlich von Männern zügeln lassen, denen es an differenziertem Verständnis und Einfühlungsvermögen für die mystischen Gaben des Hl. Geistes mangelt. Wie oft wird man protestantischen Theologen noch das Wort K. Rahners ans Herz legen müssen, daß „der Christ der Zukunft Mystiker sei oder nicht mehr sei", bis sie ihre Berührungsängste vor Privat- oder Neu-Offenbarungen verlieren werden?

Derweilen möge dieses Buch uns ermuntern, unseren Tatendrang wie unsere Zurückhaltung im Leib Christi noch entschiedener Jesus zu überlassen. Was kann es auf Erden Kostbares geben als Kritik?

Ein kleines „Druckteufelchen" gibt dem Buch denn auch einen niedlichen, und wie ich finde, sinnigen Schluß. So heißt es auf dem Buchrücken:

„Dem Autor ist es gelungen, die im Verhältnis zu vielen schrillen „Sekten" oder Sondergemeinschaften relativ stillen Kreisen der Lorberfreunde angemessen zu beschreiben und auf entscheidende theologische Differenzen und Fragestellungen gegenüber dem Werk des Grazers Mystikers Jakob Lorber hinzuweisen."

Dokumentennachweis: Zeitschrift ‚Geistiges Leben', Lorber-Gesellschaft e.V., 83731 Hausham, 1994, Heft 4, S. 29-37

VI Literatur

Helmut Aichelin
Außerkirchliche religiöse Gemeinschaften (Christliche Sekten) in: Anton Peisl/Armin Mohler (Hg.): Kursbuch der Weltanschauungen, Schriften der Carl Friedrich von Siemens-Stiftung Bd. 4, S. 203-244, Verlag Ullstein GmbH, Berlin 1980

Marie Aebly-Adolff
Jakob Lorber von der Handschrift aus gesehen, in: Offene Tore, Swedenborg Verlag, CH Zürich 1977, S. 52-57

Karl Baral
Handbuch der biblischen Glaubenslehre. Grundlagen für Glauben und Leben, Hänssler Verlag, Holzgerlingen, 2. (stark überarbeitete und erweiterte) Auflage 2001

Klaus Berger/Christiane Nord
Das Neue Testament und frühchristliche Schriften, Insel Verlag, Frankfurt 1999

Robert Berghausen
Die Schriften der Bertha Dudde. Eine kurze Einführung, Köln 2002

Josef Brunnader
Universelle Gottesoffenbarung durch Anita Wolf. Ihr Leben und Werk 1900–1989, A Weiz/Steiermark 1990

Gottfried Buchner
Jakob Lorber. Sein Leben, seine Schriften und seine Anhänger, Karl Rohm Verlag, Lorch 1905

Oswald Eggenberger

– Die Kirchen, Sondergruppen und religiöse Vereinigungen. Ein Handbuch, Theologischer Verlag Zürich (TVZ), CH Zürich, 5. Auflage 1990

– ‚Lorber-Gesellschaft' in: Evangelisches Kirchen Lexikon, Internationale theologische Enzyklopädie, Bd. 3, Sp 185, Vandenhoeck & Ruprecht, Göttingen, 3. Auflage 1992

Kurt Eggenstein

– Der Prophet Jakob Lorber verkündet bevorstehende Katastrophen und das wahre Christentum, Lorber-Verlag, Bietigheim 1973

– Der unbekannte Prophet Jakob Lorber. Eine Prophezeiung und Mahnung für die nächste Zukunft, Bietigheim, 2. Auflage 1973

Leopold Engel

– Das große Evangelium Johannis, Vom Vater des Lichts kundgegeben duch Leopold Engel (1891/93), 11. Bd., Lorber-Verlag, Bietigheim, 5. Auflage 1959

– Herausgeber: Katechismus der deutschen Theosophie, Rudolph Petzold Verlag, Dresden 1893

– Lichtstrahlen. Eine theosophische Weltanschauung des germanischen Stammes, Bitterfeld 1897

– Das Tal der Glücklichen (Das wiedergefundene Paradies) oder Der Weg zur Wahrheit, Renatus-Verlag, Lorch/Württemberg o.J.

– Im Jenseits. Führungen einer Seele, Kundgabe eines Jenseitigen durch Leopold Engel 1921, Lorber-Verlag, Bietigheim 3. Auflage 1949

– Luzifers Bekenntnisse, Renatus-Verlag, Lorch/Württemberg 1928

– Mallona. Die letzten Zeiten eines untergegangenen Planten, Renatus-Verlag, Lorch/Württemberg, 2. Auflage 1933

Robert Ernst
Genügt die Hl. Schrift? Edition Markus Verlag, B Walhorn 1983

Otto Feuerstein
- Ist die katholische Kirche unfehlbar?, Druck und Verlag von Karl Rohm, Lorch (Württemberg) 1912
- Das Geheimnis der Person Jesu, Verlag Otto Feuerstein, Degerloch bei Stuttgart 1914

Andreas Fincke
Jesus Christus im Werk Jakob Lorbers. Untersuchungen zum Jesusbild und zur Christologie einer „Neuoffenbarung", Dissertation (unveröffentlicht), Halle-Wittenberg 1992

Joachim Finger
- Neue „Evangelien" und „Offenbarungen" – eine Einführung, in: Jesus außerhalb der Kirche. Das Jesusverständnis der neuen religiösen Bewegungen, Weltanschauungen im Gespräch Bd. 5, S. 97-124, Zürich 1989
- Jesus – Essener, Guru, Esoteriker? Neuen Evangelien und Apokryphen auf den Buchstaben gefühlt, Matthias-Grünewald-Verlag, Mainz 1993 / Quell Verlag, Stuttgart 1993

Hans-Gerd Fischer
O Abba, mein Vater. Die Hütte in den Bergen, Waldbröl o.J.

Margarete Fritzsche
Wege zum wahren Glauben. Johannes Tauler – Bruder Laurentius und Gerhard Tersteegen – Friedrich Christoph Oetinger – Jakob Lorber – Carl Hilty – Emil Brunner – Emil Fuchs, Gütersloher Verlagshaus Gerd Mohn, Gütersloh 1980

Walter Geppert
Adventisten=Sabbatisten – Spiritisten – Neu=Salems=Christen, Sonnenweg-Verlag, Neussen/ Württemberg 1954

Friedrich-Wilhelm Haack
Rendevous mit dem Jenseits. Der moderne Spiritismus/Spiritualismus und die Neuoffenbarungen. Bericht und Analysen, NADA-EDITION 1, Arbeitsgemeinschaft für Religions- und Weltanschauungsfragen, München 1973

Max Heimbucher
Der falsche Mystiker Jakob Lorber und die „Neu-Salems-Schriften", Verlagsanstalt vorm G.J. Manz, Regensburg 1928

Rudi Holzhauer
– Kurzinformation über Jakob Lorber, den „Schreibknecht Gottes", Schriften des Bibelbundes, Verlag Bibel & Gemeinde, Waldbronn 1984
– Dass euch niemand verführe... Persönliche Erfahrungen mit der charismatischen Bewegung, Verlag und Schriftenmission der Evangelischen Gesellschaft für Deutschland, Wuppertal, 6. Auflage 1995
– Verführungsprinzipien, Verlag der Internationalen Arbeitsgemeinschaft Bekennender Christen, Wuppertal, unveränderte Neuauflage 2000

Friedemann Horn
– Zum Problem der Offenbarungskritik insbesondere bei Swedenborg und Lorber, in: Offene Tore, Swedenborg Verlag, CH Zürich (1975–77)
– Gedanken zum Gottesbild bei Emanuel Swedenborg und Jakob Lorber, in: Offene Tore, Swedenborg Verlag, CH Zürich 1990, S. 176-192

Reinhart Hummel
Neue Offenbarungen: Woher kommen sie, und was bedeuten sie?, in: Materialdienst der Evangelischen Zentralstelle für Weltanschauungsfragen (EZW), Stuttgart 1995, S. 321-329

Kurt Hutten
– Seher, Grübler, Enthusiasten. Sekten und religiöse Sondergemein-
schaften der Gegenwart, Quell Verlag der evang. Gesellschaft, Stuttgart
1950, 15. Auflage 1997
– Die Glaubenswelt des Sektierers. Das Sektentum als antireformato-
rische Konfession – sein Anspruch und seine Tragödie, Furche Verlag,
Hamburg 1957
– ‚Lorber-Gesellschaft' in: Die Religion in Geschichte und
Gegenwart. Handwörterbuch für Theologie und Religionswissenschaft,
Bd. 4, Sp 449, J.C.B. Mohr, Tübingen, 3. Aufl. 1960
– Was glauben die Sekten? Modelle, Wege Fragezeichen, Quell
Verlag, Stuttgart 1965

Peter Keune
Swedenborg und Lorber, in: Offene Tore, Swedenborg Verlag, CH
Zürich 1977, S 6-26

Oliver Koch/Mark Meinhard/Matthias Pöhlmann/Michael Schofer
Sehnsucht nach Heil. Neben den Kirchen: Neue Religiozität, Esoterik,
Sekten und Psychogruppen in Erlangen, Erlanger Verlag für Mission
und Ökumene, Neuausgabe 1999

Wolfgang Kommer/Friederike Valentin
Neuoffenbarung und neue Offenbarungen. Darstellung und Kritik, Nr.
67 - Teil der Werkmappe „Sekten, religiöse Sondergemeinschaften,
Weltanschauungen", Inhaber: Arbeitsgemeinschaft der österreichischen
Seelsorgeämter. Hg. und Redaktion: Referat für Weltanschauungs-
fragen, Sekten und religiöse Gemeinschaften, Wien 1993

M. Krawielitzki
Die Neu=Salems=Bewegung. Die Mazdaznan=Tempel=Vereinigung.
Verlag „Harfe", Bad Blankenburg 1931

Christoph Friedrich Landbeck (Hg.)

– Frohe Botschaft vom Morgenroth des Neuen Geistestages. Licht von Oben über die Grundelemente beim Tischrücken, Klopfen und Schreiben mit Winken über psychische Kraftäußerungen und wirkliche Geisterkorrespondenz. Empfangen vom Herrn durch Jakob Lorber. Mit neuem Anhang: Weitere Mitteilungen von seligen Freunden über Magnetismus, Spiritismus und Liebe, Sammlung von Neu-Salems Schriften, Neu-Salems Verlag, Bietigheim 1913

– Frohe Botschaft von Gnadenstrahlen eines reineren Verkehrs mit Seligen. Ein lebendiges Patheon als Vorbote von Ein Hirt und Eine Herde, erweiterter Neudruck, Neu-Salems-Schriften No 25. Neu-Salems-Verlag, Bietigheim 1914

– Der Wahrheit=Sucher – mit Geschichte des Neu-Salems-Lichtes, Vorwort 12.6.1920, Neu-Salems-Verlag [Johs.Busch Nachf.], Bietigheim Württemberg o.J.

Karl Gottfried Ritter von Leitner

Jakob Lorber. Lebensbeschreibung, ein Lebensbild nach langjährigem persönlichem Umgang. Neu-Salems-Verlag, Bietigheim 1930

J. Lanz von Liebenfels

Jakob Lorber, das größte ariosophische Medium der Neuzeit, in: Ariosophische Bibliothek – Bücherei für ariogermanische Selbsterkenntnis, Heft 7-10, Verlag Herbert Reichstein, Düsseldorf-Unterrath 1926

Jakob Lorber

Hauptwerke nach Drucklegung

– Naturgemäße und spirituelle Verhältnisse des Mondes, mit einem Nachtrage über das magnetische Fluidum (1841). F. Schweizhart'sche Verlagshandlung und Druckerei, Stuttgart 1852

– Die Haushaltung Gottes, Bd. I, A. Die Urschöpfung der Geister= und Sinnen=Welt, sodann die Urgeschichte der Menschheit und der

Patriarchen (1840–42). Neutheosophischer Verlag, Johs. Busch Nachf., Bietigheim 1852

– Außerordentliche Eröffnungen über die natürliche und geistige Beschaffenheit des Planeten Sarturnus nebst dessen 3=getheiltem Ring' und 7 Monden, so wie über die Beschaffenheit, das Grundsein und Leben der darauf befindlichen Wesen (1841/42). Herausgegeben von Johannes Busch, in Kommission der Louis Mosché'schen Buchhandlung, Meißen 1855

– Außerordentliche Eröffnungen über die natürliche und metaphysische oder geistige Beschaffenheit der Erde und ihres Mittelpunctes, mit besonderem Bezug auf das Grundsein, so wie auf Bestimmung, Leben und Ziel der in, auf und – in der Luft= und Aether=Regionen – über ihr befindlichen Wesen (1846/47). Herausgegeben von Johannes Busch, in Commission der Louis Mosché'schen Buchhandlung, Meißen 1856

– Außerordentliche Kundgebungen und Eröffnungen über die naturmäßige und geistige Beschaffenheit und Wesenhaftigkeit der Sonne und deren correspondirende Seins= und Eigenschaftlichkeits=Beziehungen zu und auf den sieben Haupt=Planeten (1842). Herausgegeben von Johannes Busch, Selbstverlag, Dresden 1864

– Die Jugendgeschichte unseres Herrn Jesu Christi (1843/44). Herausgeber Karl August Schöbel, Selbstverlag, Gobritzen bei Pillnitz 1869

– Die geistige Sonne, nebst Nacherinnerungen und außerordentlichem Nachtrag dazu (1842/43). Herausgegeben aus innerst=geistigem Beruf für Gegenwart und Zukunft von Johannes Busch, Selbstverlag, Dresden 1870

– Das aus der „großen Zeit der Zeiten" verheißenermaßen völlig kundgegebene und im inneren Sinne enthüllt'st erklärte Evangelium St. Johanni's, Bd. 1-7 (1851/64). Herausgegeben von Johannes Busch, Selbstverlag, Dresden 1871/76

– Die Haushaltung Gottes, Bd. II, B. Fortsetzung der Urgeschichte der Menschheit und der Patriarchen; die Verbindung der Tiefe (unter König

Lamech) mit den Kindern der Höhe. Die Urkirche. Herrliche Zeugnisse von der herablassenden Liebe Gottes (1842/44). Herausgegeben vom Neutheosophischen Verlag (C.F. Landbeck & G.), Bietigheim, Württemberg 1882

– Bischof Martin. Dessen Hingang und Führungen im Jenseits bis zu seiner Vollendung. Ein Evangelium des ewigen Lebens (1847/48). Herausgegeben von Johs. Busch Nachf., Neu=theosophischer Verlag, Bietigheim a.E., Würtbrg. 1896

– Eine Geister=Szenerie. Gewaltsamer Hintritt des Robert Blum. Seine Erfahrungen und Führungen im Jenseits (von Nacht- zum Licht, vom Tode – zum wahren ewigen Leben) bis zu seiner Vollendung; desgleichen seiner Freunde und vieler Anderer, Bd. I u. II (1848/51). Nach Bestätigung von Oben herausgegeben von C. F. L., Neu=theosophischer Verlag (Johs. Busch Nachf.), Bietigheim a.E., Württemberg 1898

Jakob Lorber/Leopold Engel/Gerd Gutemann (Hrsg.)
Johannes-Evangelium – Vergleich zwischen Bibel und verbal-inspirierten Urtext-Wiederoffenbarungen, „Disk-plus-Buch"-Verlag, Hagnau 1991

Lorber, Jakob (Autor)/Gutemann, Gerd (Bearbeiter und Hrsg.)
Die „Neue Erde" nach 3. Weltkrieg und Apokalypse: Zukunftsenthüllungen, Prophezeiungen, „Disk-plus-Buch"-Verlag, Hagnau 1991

Ramon de Luca
Echt oder unecht? Die Unterscheidungskriterien der Kirche bei Privatoffenbarungen. Verax-Verlag, CH Müstair 1998

Hermann Luger
– Bibel und Neuoffenbarung, in: Das Wort, Lorber-Verlag, Bietigheim 1948, Heft 1, S. 9-19
– Das Christusproblem und seine Lösung, Lorber-Verlag, Bietigheim 1950

Walter Lutz

– Gott und Sein Gegenpol. Nach den geistigen Eröffnungen durch Jakob Lorber, Vier Aufklärungsschriften. Herausgegeben von Lorber-Gesellschaft e.V. im Neu-Salems-Verlag, Bietigheim 1924
– Das Gnadenlicht Neusalems, in: Das Wort, Neu-Salems-Verlag, Bietigheim 1926, Heft 8, S. 166-174
– Siegende Liebe. Erzählung im Geiste der Neusalemsschriften, Neu-Salems-Verlag, Bietigheim 1931
– Das Neusalemslicht, die Religion des kommenden Zeitalters, Neu-Salems-Verlag, Bietigheim 1935
– Die Grundfragen des Lebens in der Schau des Offenbarungswerkes Jakob Lorbers, Neu-Salems-Verlag, Bietigheim 1930; leicht überarbeitet, Lorber-Verlag, Bietigheim 3. Auflage 1979
– Neuoffenbarung am Aufgang des dritten Jahrtausends. Ein Lehr- und Nachschlagewerk der Neuoffenbarung gegeben durch Jakob Lorber, 3 Bände, Lorber-Verlag, Bietigheim 1969
– Die Neuoffenbarung und ihr Bote Jakob Lorber, in: Ledebur, Annie von: Die Gegenwart Christi. Eine vergleichende Gegenüberstellung von Neuoffenbarung und Neuem Testament, Lorber-Verlag, Bietigheim 2. Auflage 1979, S. 11-20

Maria Lutz-Weitmann
Aus vollem Herzen, Gedichte, Volks-Buch-Verlag, Bietigheim o.J.

Josef Mahlberg
– Heilige und Ketzer. Eine Auswahl aus der christlichen Mystik des Abendlandes, mit einer Einführung und biographischen Skizzen von Josef Mahlberg, Turm Verlag, Bietigheim 1950
– Der Herr spricht. Auswahl aus Jakob Lorbers Werk „Johannes, das große Evangelium", 2 Bd., Lorber-Verlag, Bietigheim 1950

August Messer
Die „Gottesbotschaft" Jakob Lorbers, in: Philosophie und Leben, 5.
Jahrgang, S. 251-258, Verlag von Felix Meinert, Leipzig 1929

Neu-Salems-Verlag (Hg.)
Briefe Jakob Lorbers. Urkunden und Bilder aus seinem Leben,
Bietigheim 1931

Helmut Obst
– Außerkirchliche religiöse Protestbewegungen der Neuzeit, Evange-
lische Verlagsanstalt, Berlin 1990
– Neuoffenbarungen als Zugang zur Schrift?, in: Helmut Gehrke u.a.
(Hg.), Wandel und Bestand. Denkanstöße zum 21. Jahrhundert.
Festschrit Bernd Jaspert zum 50. Geburtstag. Bonifatius Verlag,
Paderborn/Otto Lembeck Verlag, Frankfurt 1995, S. 103-110
– Apostel und Propheten der Neuzeit. Gründer christlicher Religions-
gemeinschaften im 19. und 20. Jahrhundert, Vandenhoeck & Ruprecht,
Göttingen, 4., stark erweiterte und aktualisierte Auflage 2000

Angelika Penkin
Der Vater an meiner Seite. Lorber-Gesellschaft e.V., Hausham 1996

Matthias Pöhlmann
– „Sonnenlicht e.V." für die Verbreitung von Lorbers Sonnenheilmittel,
in: Materialdienst der Evangelischen Zentralstelle für Weltanschau-ungs-
fragen (EZW), Berlin 1992, S. 303-306
– Lorber-Bewegung – durch Jenseitswissen zum Heil?, Friedrich Bahn
Verlag, Konstanz 1994
– Lorber-Bewegung. Neue Entwicklungen, in: Materialdienst der EZW
Berlin, 1998, S. 122-124
– Göttlicher Heilmagnetismus im Nordschwarzwald? Die innere Kirche
der Liebe / Lorber-Institut, in: Materialdienst, Berlin 2000, S. 273-280

– Neuoffenbarer und Neuoffenbarungsbewegungen, in: Panorama der neuen Religiosität. Sinnsuche und Heilsversprechen zu Beginn des 21. Jahrhunderts, hg. Reinhard Hempelmann u.a. im Auftrag der EZW, Gütersloher Verlagshaus, Gütersloh 2001, S. 557-576
– Ders./Andreas Fincke
Zwischen göttlicher Autorität und verbindlicher Gemeinschaft, in: ebd., S. 583-594
– (Hg.) „Ich habe euch noch viel zu sagen..." Gottesboten – Propheten
– Neuoffenbarer, EZW-Texte Nr. 169, Berlin 2003

August Poulain
Handbuch der Mystik, Herder & Co. G.m.b.H. Verlagsbuchhandlung, Freiburg 1925

Karl Rahner
Visionen und Prophezeiungen, Tyrolia-Verlag, Innsbruck 1952

Horst Reller/Hans Krech/Matthias Kleiminger
Handbuch religiöse Gemeinschaften und Weltanschauungen: Freikirchen, Sondergemeinschaften, Sekten, synkretistische Neureligionen und Bewegungen, esoterische und neugnostische Weltanschauungen und Bewegungen, missionierende Religionen des Ostens, Neureligionen, kommerzielle Anbieter von Lebensbewältigungshilfen und Psycho-Organisationen. Gütersloher Verlagshaus Gerd Mohn, Gütersloh, 5. Auflage 2000

Reinhard Rinnerthaler
– Jakob Lorber und seine „Neuoffenbarungen", bearbeitet von Dr. Friedericke Valentin, Dokumentation 4/80 der Werkmappe „Sekten und religiöse Gemeinschaften in Österreich" [hg. vom Referat für Weltanschauungsfragen, Sekten und religiösen Gemeinschaften], Wien 1981
– Zur Kommunikationsstruktur religiöser Sondergemeinschaften am

Beispiel der Jakob-Lorber-Bewegung, Dissertation (unveröffentlicht), Salzburg 1982

Wilhelm Otto Roesermueller
– Begegnungen mit Jenseitsforschern und Gespräche mit Geistern, Karl Rohm Verlag, Bietigheim, dritte, ergänzte Auflage 1961
– Kontakte zu unseren jenseitigen Freunden und unsichtbaren Helfern, Selbstverlag Wilhelm Otto Roesermueller, Nürnberg, 2. Auflage 1977

Karl Rohm
Christoph Friedrich Landbeck – Ein Denkstein von Karl Rohm, Druck der Verlags- und Handelsdruckerei G.m.b.H., Lorch Württ., o.J.

Hans-Jürgen Ruppert
– „Lorber-Bewegung" in: Hans Gasper/Joachim Müller/Friedericke Valentin (Hg.): Lexikon der Sekten, Sondergruppen und Weltanschauungen. Fakten, Hintergründe, Klärungen, Sp. 610-612, Verlag Herder, Freiburg, 7. durchgesehene und überarbeitete Neuauflage 2001
– „Neuoffenbarung", ebd., Sp. 742-746

Paul Scheurlen
– Die Sekten der Gegenwart und neuere Weltanschauungsgebilde, Quell Verlag der Ev. Gesellschaft, Stuttgart, Vierte Auflage 1930
– Das kleine Sektenbüchlein, Quell Verlag der Ev. Gesellschaft, Stuttgart 1933

Georg Schmid/Georg Otto Schmid (Hg.)
Kirchen, Sekten, Religionen. Religiöse Gemeinschaften, weltanschauliche Gruppierungen und Psycho-Organisationen im deutschen Sprachraum. Ein Handbuch. Theologischer Verlag Zürich, Zürich 2003, S. 223-225

Walter Schmidt
Botschaften aus dem Jenseits? Geisterseher und Gottsucher. Neuoffenbarer gestern und heute. Gütersloher Verlagshaus Gerd Mohn, Gütersloh 1998

Arthur Schult
Denkschrift zur geistigen Situation der Evangelischen Kirche in der Gegenwart, Lorber-Gesellschaft e.V., Bietigheim o.J.

Max Seltmann
– Erlebte geistige Welt. Ein Sensitiver erzählt seine Lebensgeschichte, G. Emde Verlag, Pittenhart 1998
– Arno, G. Emde Verlag, Pittenhart 2001

Günter Siedenschnur
Lorber-Gesellschaft (Neu-Salems-Gesellschaft). in: Evangelisches Kirchen Lexikon, Bd. 2. Sp. 1153-1154, Vandenhoeck & Ruprecht, Göttingen 1958

Antoniette Stettler-Schär
Jakob Lorber. Zur Psychopathologie eines Sektenstifters. Inaugural-Dissertation, CH Bern 1966

Georg Sulzer
– Wahrheitsforschung und Christentum. Ein Mahnwort an Wahrheitssucher und Kirchenchristen, Karl Rohm Verlag, Lorch/Württemberg 1902
– Die Bibelchristen als Bekämpfer des Spiritismus und der christlichen Theosophie, Karl Rohm Verlag, Lorch/Württemberg 1903
– Aufschluss über Spiritismus. Karl Rohm Verlag, Lorch/Württemberg 1903

Evelyn Underhill
Mystik. Eine Studie über die Natur und Entwicklung des religiösen Bewußtseins im Menschen, Ernst Reinhardt Verlag, München 1928 (Unveränderter Faksimile-Nachdruck, Turm Verlag, Bietigheim o.J.)

Hermann dem Wenden
Die Bergpredigt und weitere Perlen der Christenlehre, Verlag Waldemar Proske, Köln 1983

Horst Wilking
Die universale Theologie. Trotz allem: Gott ist nicht tot! edition info-press, Sindelfingen 1989

Anita Wolf
Karmatha – Die geistige Entwicklung Jakob Lorbers vor seiner Erdenmission, Bd. 1-3, URGEMEINDE-VERLAG, Wiesbaden-Schierstein 1955

Roland Wölfl
Berichtigungen von Irrlehren und Mißverständnissen einiger „Lorber-Führer" Eine Richtigstellung der Neuoffenbarungen von Bertha Dudde und Jakob Lorber, Düsseldorf 1994

Friedrich Zluhan (Hg.)
Begegnung mit dem prophetischen Werk Jakob Lorbers. Gedenk-schrift zum „Schreibknecht Gottes", Lorber-Verlag, Bietigheim 1990

Otto Zluhan
– Neue Prophetie, Lorber-Verlag, Bietigheim 1972
– Festschrift 125 Jahre Lorber Verlag (1854–1979), 100 Jahre in Bietigheim (1879–1979), Lorber-Verlag, Bietigheim 1979